快乐读书吧
·彩图音频版·

统编语文教材推荐书目

中国神话传说

韩文智 / 主编

扫我，可以听！

山东人民出版社·济南
国家一级出版社 全国百佳图书出版单位

图书在版编目（CIP）数据

中国神话传说 / 韩文智主编. -- 济南 : 山东人民出版社, 2020.6

ISBN 978-7-209-12794-3

Ⅰ. ①中… Ⅱ. ①韩… Ⅲ. ①神话—作品集—中国—古代 Ⅳ. ①I276.5

中国版本图书馆CIP数据核字（2020）第098290号

中国神话传说

ZHONGGUO SHENHUA CHUANSHUO

韩文智　主编

主管单位　山东出版传媒股份有限公司
出版发行　山东人民出版社
出 版 人　胡长青
社　　址　济南市英雄山路165号
邮　　编　250002
电　　话　总编室（0531）82098914
　　　　　市场部（0531）82098965
网　　址　http://www.sd-book.com.cn
印　　装　北京楠萍印刷有限公司
经　　销　新华书店

规　　格　16开（170mm×235mm）
印　　张　11
字　　数　120千字
版　　次　2020年6月第1版
印　　次　2020年6月第1次
ISBN 978-7-209-12794-3
定　　价　25.00元

前言

世间有千万种遇见，遇见花开、遇见缘分、遇见幸运、遇见朋友。在你翻开这本书的瞬间，正是我们的第一次遇见。

曾几何时，在茫茫书海中，我们彼此擦肩而过，有时候，你竟草草地把我丢在一旁。从此，我们之间仿佛隔着浩瀚的海洋，我再也无法与你相遇。为了给你打造一场关于经典名著阅读的视听盛宴，我又经历了一次重塑的过程，铸就了一个崭新的自己，为的就是再次与你相见。

让你爱不释手是我的责任，也是我存在的价值和意义。曾经有人说，阅读中外文学名著，就是在和一位位文学大师对话；阅读他们的每一本书，都是站在了巨人的肩膀上。难道你不想站在巨人的肩膀上欣赏一番别样的美景吗？对于成长中的你来说，选择阅读经典名著一定不会错。阅读经典名著，点亮人生，让你的视野越来越宽广，还能培养你的思考能力和学习能力，帮助你树立正确的人生观和价值观。

为了激发你阅读经典名著的兴趣，更好地感悟经典的魅力，专家们在保证呈现经典名著风貌的基础之上，对我进行了浓缩，意在为你提供一张张步入文学经典殿堂的入场券。

如果你说阅读名著枯燥乏味，我们奉上了精美的内文插画；如果你想提前了解书中的情节，我们设置的“名师导读”栏目足以满足你的好奇心；如果你说对名著内容理解有障碍，我们邀请了名师精心做批注，全程为你答疑解惑；为了帮助你有效地积累优美的词句，我们精心设置了“日积月累”栏目；为了有效提升你的阅读思辨能力，我们还设置了“延伸思考”栏目。

总而言之，所有的编排都是从阅读的兴趣入手，目的就是为了让你在阅读中有所感悟，在阅读中得到提升。

至此，我也要郑重地、完美地呈现属于我自己的谢幕台词：我满载着丰富的内涵和人文思想，传达着人类的憧憬和理想，凝聚着人类最美好的情感，满心期待与你的美丽邂逅！

番外：

都说“书中自有黄金屋，书中自有颜如玉”，我却认为，读书会让你遇见一个更好的自己，这绝对是一件非常值得的事情，不是吗？还等什么？抓紧去遇见那个更好的自己吧！

目录

中国神话传说

盘古开天地

名师导读

在天地形成以前，宇宙只是黑暗混沌的一大团，像一颗巨大的蛋。后来，“巨蛋”里一个沉睡的巨人苏醒了，他力大无穷。由于被困在黑暗、狭小的空间里，他心情糟糕而愤怒。为了摆脱这种难受的状态，他张开巨掌，用力向黑暗中劈去——天地分开了。他死后，身躯变成了宇宙和世间万物。这个巨人便是上古神话中的创世英雄——盘古。

在很久很久以前，天和地还没有分开，整个宇宙是黑暗混沌的一大团，像一颗巨大的蛋。在这颗“巨蛋”里，睡着一位名叫盘古的人。他已经在这颗“巨蛋”里安静地沉睡了一万八千多年了。随着时间的推移，盘古的身体也一天一天地慢慢长大。他越长越大，越长越高，渐渐成了一个力大无比的巨人。

❶ 既有盘古的心理和动作描写，又通过对形、声、色的描述，把天地形成的过程写得震撼人心，场面宏大。

❷ 把盘古比喻成天地间的一根大柱子，形象而生动。

❸ 运用排比的修辞手法，描述了一幅宇宙万物形成的美好画面，也写出了盘古开天辟地功业的伟大和壮美。

这一天，巨人盘古终于睡醒了。他慢慢地睁开眼睛，四周一片漆黑，什么都看不见。他想伸展一下筋骨，却被“巨蛋”紧紧地包裹着，动弹不得。这种状态让他很难受，心情也变得很糟糕。他越来越烦躁，感觉闷得透不过气来，呼吸也变得困难了。

愤怒的盘古不打算再忍耐了，他用尽力气，张开巨掌，挥动双臂向黑暗中劈去——“轰隆隆，轰隆隆”。随着巨大的响动，原本混沌的“巨蛋”被搅动开了，分成了两部分：一些轻盈又清亮的东西慢慢向上升，变成了湛蓝色的天空；一些沉重又污浊的东西缓缓落了下来，堆积在一起，越堆越厚，变成了厚重又坚固的大地。就这样，天和地分开了，盘古眼中的世界也不再是漆黑一片。❶

此时的盘古，头顶着天，脚踩着地，屹立在天地之间。他的心情好极了，辽阔的视野、清新的空气，这样的变化让他很满意。但是，他仍旧担心天和地还会合拢。于是他叉开双腿，挺直腰，又稳了稳踩在地上的双脚，挺了挺脖子，将头昂起来，把天空又向上顶了顶。

此时的盘古就像一根大柱子，撑在天地间。❷

可是即便这样，天和地之间也离得太近了，伟大的盘古便使用意念，使自己的身体不断增高。他心里不断地重复着："让我再长高一些，再长高一些。"他的意念十分强大，果然身体就听从了意念，开始不断长高。每当他的身体增高一丈，天就升高一丈，地也加厚一丈。

不知不觉又过去了一万八千年，天升得非常高，地变得非常厚，盘古也成了顶天立地的巨人，有九万里那么高。他见天和地再也不可能合拢，终于放心了。可是，他昂首挺胸地站立了那么多年，已经耗尽所有的体力和精力，"轰隆"一声就倒在了地上。

临死时，盘古没有忘记把自己奉献给这个新诞生的世界：他的左眼变成光芒万丈的太阳，挂在天空照耀着大地；他的右眼变成皎洁的月亮，为黑夜带来光明；他的头和躯干变成巍峨的群山；他的手足变成大地的四极；他的头发变成闪烁的繁星；他的汗毛变成美丽的花草树木；他的肌肉变成肥沃的田地；他的牙齿和骨骼变成洁白的美玉和地下无穷尽的宝藏；他的血液变成奔流的江河湖海；他呼出的气息变成孕育万物的春风；他的汗水变成滋润大地的雨水和露珠。❸

就这样，盘古完成开天辟地的亘古伟业，留给后人广阔美妙的天地。他是中华儿女永远铭记的英雄。

日积月累

不知不觉　顶天立地　昂首挺胸　开天辟地

延伸思考

1. 在你心中，盘古是一个怎样的形象？
2. 说说盘古开天辟地给后人带来了什么？

羲和十子

名师导读

羲和的十个太阳儿子生活在一个名叫汤谷的地方，他们每天都在汤谷里玩耍、洗澡，累了就在高大的扶桑树上休息。当然，他们还要执行天帝颁布的一道命令。于是，掌握着时间节奏的日神羲和带着她的十个孩子开始了每天的工作。

在东方的海外有一个名叫汤谷的大水池，羲和就在那里生下了她的十个太阳儿子。十个太阳每天在水池里洗澡、玩耍，他们长得非常像，一个个圆

头圆脑的，羲和常常分不清他们。水池中央有一棵扶桑树，高几千丈，粗一千丈，上面长着十根巨大的树杈，那是十个太阳休息的地方。❶

一天，天帝给十个太阳下了一道命令，说：“你们每天一个，轮流到人间巡视。每天从东方的汤谷出发，然后漫游天空，最后在西方降落。”❷

每个太阳在值班前，都要先在汤谷里痛痛快快地洗个澡，然后从扶桑树下往上升，升到扶桑树的顶端后，再坐上羲和妈妈驾驭的由六条龙拉的车，风驰电掣般地驶向西方。龙车驶过的地方，天地间光芒万丈，一片明亮。一直行驶到悲泉，羲和才停下龙车，剩下的路要太阳儿子自己步行，因为她得回家为下一个值班的儿子做准备。❸

每当这个时候，羲和总要千叮咛万嘱咐，关照儿子一路小心，然后目送儿子远去，直到儿子的金光渐渐落在榆树上，她才放心地驾驶龙车赶回汤谷。

❶ 寥寥数语，几个数量词，描述了羲和十子洗澡、玩耍和休息的地方，想象力丰富、场面宏大。

❷ 此处通过天帝颁布的一道命令，道出“日出东方，日落于西”的天象。

❸ 此处写出了羲和和她的十个太阳儿子忙碌工作的景象，这是一幅优美又充满想象的御日画面。

日积月累

风驰电掣　光芒万丈

延伸思考

1. 十个太阳每天要完成什么任务?

2. 你印象中的羲和是怎样的形象?

女娲造人

名师导读

女娲是中国上古神话中的创世女神，人类的始祖。她每天都在天地间散步，这里走走，那里看看。山川河流如此美好、美不胜收，可是她感觉非常孤独，这该怎么办呢？

盘古开天辟地以后，天地间出现了一位神通广大的女神，名叫女娲。据说她是由盘古的心脏化生而成的。

这一天，女娲在天地间散步，在这里走走，又到那里看看。虽然天地间有美丽的山岳河流，绿草如茵，但她还是觉得少了些什么。忽然，她想到了那个可以用来形容此时心情的词语——孤独。她觉得应该在天地间添点儿什么，让世间朝气蓬勃起来。她一边走，一边想：到底应该添点儿什么呢？

走着走着，女娲有些渴，就到溪边喝水。当看到水中自己的倒影时，才恍然大悟："对啊，大地这么广阔，应该有许多跟我一样的生命才对，那样多有意思啊！"于是，女娲从溪边掘起一团黄土，掺些溪水，照着自己的模样，捏出一个可爱漂亮

的泥娃娃。❶

女娲把泥娃娃放在地上，没想到它一落地就活蹦乱跳起来了。泥娃娃不仅会走，还能言善语，不停地叫她“妈妈”。女娲开心极了，把这个新创造的生命叫作“人”。人的身体虽然小，但因为是神创造出来的，所以明显和鸟兽不同，具有一种统领天下的气概。❷

女娲非常满意自己的作品，决定造出更多的人，让世间充满欢乐。于是，她继续用溪水

❶ 女娲的内心独白描写，写出她孤独的心境，也从侧面反映了没有人类，大地缺乏生机。

❷ 女娲创造了新生命——人，此处勾勒了“人”的一个大致形象，把他们与鸟兽区分开来。

❶ 女娲还是感觉孤单，又想到一个好办法，创造出了更多的人。此处的心理活动和动作描写，塑造出女娲热爱人类、创造人类的形象。

❷ 人类一开始不分男女，而且都要经历生老病死。为了解决人类逐渐稀少的问题，女娲让人类有了性别和生育能力，以繁衍后代。

和着黄泥，不分昼夜地捏啊捏啊，捏出许许多多的泥娃娃。泥娃娃落地后，就变成了人，他们欢喜地喊女娲“妈妈”，向她鞠躬行礼，然后欢快地到处走啊、跑啊，去感受新鲜的环境和事物。

大地实在太辽阔了，那些人很快就跑远了，不见了踪迹。原本还被很多小人儿簇拥着的女娲此时又孤孤单单了，这让她有些犯愁：怎样才能立刻让大地上到处都是人呢？她得用简单的办法，创造出更多的人来。突然，她灵机一动，想出一个好办法：她采来很多野草，将它们搓成草绳，再用黄土和溪水制成泥浆，然后把草绳蘸满泥浆，用力向大地甩去——只见数不尽的泥点落在大地上，立即变成一个个小小的人，真是太神奇啦！女娲高兴极了，这个方法果然简单。她不停地甩啊甩啊，终于，天地之间到处是欢蹦乱跳的人，她可以停下休息了。❶

可是，过了一段时间，女娲发现人在一天天减少。原来，人在世上生活一段时间后，会生病、变老，逐渐死去，所以越来越少。为

了解决这个问题，女娲便把人分成男人和女人，让男人和女人相互结合，在一起生儿育女，传宗接代，使人类一代代繁衍下去。❷

为了感谢女娲创造人类，建立婚姻制度，人们为她修筑了许多神庙。在每年的阳春三月，人们聚集到神庙附近，举办各种纪念盛会，赞颂女娲的神奇和伟大。

日积月累

神通广大　绿草如茵　朝气蓬勃　活蹦乱跳

延伸思考

1. 请说说人类和鸟兽有什么区别。
2. 女娲给这个世界带来了哪些变化？

共工撞断天柱

名师导读

女娲造人的时候，人间有着广阔的水域，掌管这片水域的水神名叫共工。共工有个死对头，名叫颛顼。颛顼是掌管整个宇宙的天神。由于颛顼的统治引发天神和人间的不满，共工趁着时机成熟，发起了兵变。这场战争引发了宇宙大变化，人间也陷入了水深火热中。

女娲造人的时候，人间的陆地面积并没有那么大，大多数是水域，而这广阔的水域是由水神共工掌管的。共工长相很凶，他长着红色的头发，虽是人的面孔，但身体似蛇。他的性格喜怒无常，而且非常专横霸道，总想成为天地间的最高主宰。

共工有个死对头叫颛顼。颛顼负责掌管整个宇宙，常常利用自己的权势压制其他天神，而且毫不怜惜人类。颛顼曾下令将太阳、月亮、星星固定在北方的天上，不许它们移动，这导致在大地上有光线的地方，人们被刺得睁不开眼睛；而在没有光线的地方，人们则长期处于伸手不见五指的漆黑环境中。所以上至天，下到地，大家都对颛顼充满了怨言。❶

共工其实早就想夺取颛顼的帝位，当他看到大家都对颛顼的统治不满时，便觉得时机已成熟了。于是，他暗地里将对颛顼不满的天神们聚集起来，在一个漆黑的夜晚，带领天兵天将攻打颛顼。

❶ 环境的对比描写，写出了人们生存环境的极端恶劣，说明颛顼的统治已引起大家的不满。这为下文共工发起兵变埋下伏笔。

颛顼得知消息后十分震惊，赶紧下令点燃七十二座烽火台，召集兵力前来增援，然后亲自带领兵马抵御共工的袭击。两队兵马水火不容，从天上厮杀到凡间，再从凡间杀回天上，整整激战了七七四十九天，打得难解难分。❷

❷ 利用时间与空间变化，写出了两兵交战的激烈程度。

共工有两位得力干将，一个叫相柳，一个叫浮游。相柳跟共工一样，也是人面蛇身，只

不过他长了九个脑袋，浑身青色，同样是一副凶神恶煞的样子。在他们的帮助下，共工面对这场战役没有丝毫的退缩，他勇往直前，越战越勇。

狡猾的颛顼知道自己的实力不强，就开始在心里盘算，他最终想出了一个能够取胜的办法：他先是正面迎战，随后装作打不过共工的样子，一边打，一边退，就这样将共工的两位得力干将引到一个没有退路的山洞里，然后口吐烈火，将他们杀死了。最后，他把共工逼到西北方的不周山下。

平时一向高傲的共工见自己的爱将被杀，无心恋战。他十分悲伤，无比愤怒。满腔怒火无处发泄的共工最后气急败坏，使出浑身力气向挡住自己退路的不周山撞去。共工身高力大，这一撞可不得了，只听“轰隆隆”一阵巨响，不周山竟然被他拦腰撞断，整个山体崩塌了下来。❶

不周山本是擎天的大柱子，它一断裂，天就破了一个大窟窿，并且西北的天空因为失去支撑而倾斜下来。这种倾斜导致的后果十分

❶ 被逼于不周山下的共工势单力薄，愤怒的他竟然撞向了不周山，把它拦腰撞断了。由此可见水神的战斗力之强，同时引出下文的情节发展。

❷ 运用排比句式和丰富的想象力，描述了不周山断裂后，日月星辰的运行轨迹发生了变化，人间遭遇森林大火、暴雨、洪水和野兽的袭击，大地一片地狱般的景象。

可怕，灾难接二连三地发生了：天上的日月星辰都脱离了原来的位置，纷纷坠落到人间，燃起森林大火；天河之水倾泻而下，原本人们生活的土地瞬间变成一片汪洋，大水淹没了房屋和田地，人们失去了赖以生存的家园；森林中的野兽为了逃命，开始狂奔乱窜，见人就咬……顿时，大地上呈现出一番地狱般的悲惨景象。2

日积月累

喜怒无常　凶神恶煞　气急败坏

延伸思考

1. 共工为什么要撞断天柱不周山？
2. 共工撞向不周山，引发了什么后果？

女娲补天

名师导读

不周山被共工撞倒后，天上出现了一个大窟窿，地上到处是深坑，陆地变成了汪洋，森林燃起熊熊烈火，人间一片惨状。女娲看到自己创造的人类遭受灭顶之灾非常心痛，于是跋山涉水，采来五色土，决定用它来补天。

不周山被共工撞倒后，天上就出现了一个很大的窟窿，大地也被震得到处是深坑，地心涌出的水与泛滥的江河湖海汇集

在一起，使陆地变成了汪洋。与此同时，森林里燃烧着熊熊烈火，毒蛇猛兽四处逃窜，残害百姓。❶

❶ 天上出现了一个大窟窿，地上到处是洪水，森林里燃烧着熊熊烈火，毒蛇猛兽还四处逃窜，此处描述了一个地狱般的人间景象。

女娲看到大地上的惨状，看到她亲手创造的人类正遭受灭顶之灾，感到无比痛心。她决心先将天修补好，再填补地上的沟壑，让人们重新生活在美丽和谐的世间，过上幸福快乐的生活。

补天的想法一出，女娲就开始思考如何修补天。她周游四海，遍访群山，终于想出了一个好办法。女娲找来了世间罕见的五色土，并

将它们用大火冶炼，烧成红、黄、蓝、白、黑五种颜色的彩石。她行走于地面和天空之间，用彩石补好了天上的窟窿。❶

❶ 女娲冶炼五彩石弥补了天上的窟窿，天空不再电闪雷鸣、降下暴雨。五彩石散发着斑斓的光芒，天空一片晴朗。五彩石散发的白色、黑色、黄色、蓝色、红色，正是人间所见的白昼、黑夜、黄昏、蓝天和火烧云。

天上的窟窿补好了，但天柱依旧是断裂的。无奈之下，女娲又从大海里捉来一只巨大的神龟，把神龟的四只脚当作四根柱子，用来支撑大地四极。天空终于不再摇摇欲坠，变得稳固起来，那些掉在地上的日月星辰也被女娲重新放回了天上。

至于那只失去四足的神龟，它化作了大海中的一座龟山，日日夜夜守望着人间。

天上的事情解决了，接下来就该解决大地上的问题了。

女娲四处收集芦苇，把大量的芦苇烧成灰，再用芦灰堵塞地上肆虐的洪水。由于洪水泛滥已久，它们肆意奔流，淹没了很多土地。所以女娲付出了很多精力，才填平地面上纵横交错的沟壑。但是，由于地面受到剧烈的震荡，东南方的地势逐渐低沉，所以江河总是流向东南方。

最后，该去收拾那些残害人类的野兽了。

❷ 此处描写了人间美景，与上文人间地狱的景象两相对比，突显了女娲补天给人类带来的美好。

❸ 几笔道出了女娲的心理活动。从看到人类遭受灭顶之灾的痛心，到补天后的“欣慰”，女娲爱人类、庇护人类的形象十分鲜明。

女娲首先杀死了一条兴风作浪、吃人无数的黑龙。那些四处逃窜的毒蛇猛兽在得知后非常害怕，赶紧躲进深山老林，再也不敢出来害人了。

从那以后，天地间有了日月星辰的运行，有了春夏秋冬四季的轮转，有了昼夜的交替，有了江河水流的归顺。人类在女娲的呵护下，终于从巨大的灾难中解脱出来。❷

望着重新平静下来的世界，女娲感到非常欣慰。❸她真的很爱人类，为了让人们生活得更快乐，她还创造出一种叫“笙簧”的乐器。它是由十三支管子组成的，形状看起来像凤凰的尾巴。

每天晚上，劳动了一天的人们会吹起笙簧，也有人会伴着美妙悠扬的乐声翩翩起舞，音乐让人们感到更加幸福。

看到人们在欣欣向荣的大地上愉快地生活，女娲知道自己完成了使命，可以放心地回天宫歇歇了。

她驾起龙车，在祥云缭绕中升上天空。人们怀着依依不舍的心情，纷纷前来为她送行，感谢这位无私女神的创造和庇佑。

日积月累

熊熊烈火　四处逃窜　无比痛心　摇摇欲坠　纵横交错　兴风作浪
翩翩起舞　依依不舍

延伸思考

1. 你印象中的女娲是一个怎样的形象？

2. 如果女娲不补天，人类将会面临怎样的灾难？

伏羲诞生

名师导读

雷河水势变幻莫测，有时平静如水，有时如发狂的野兽横冲直撞，常常淹没两岸的房屋和树木，给雷河两岸的人们带来灾害。某一天，雷河终于平静下来，不再泛滥。后来，有一个像小船一样大的葫芦顺流而下，出现在雷河百姓面前，葫芦里还有个大胖娃娃！这是怎么回事？

华胥国的百姓居住在雷河两岸，雷河的源头叫“雷泽”，是雷神居住的地方。由于雷神喜怒无常，导致雷河水势也常常千变万化，有时风平浪静，有时奔腾咆哮，有时像发狂的野兽横冲直撞，泛滥的河水淹没了两岸的房屋和树木。

常常被水灾困扰的人们，有一天聚在一起，商议怎样解决问题。其中一个人说：“我们最好能派一个人到雷泽去见见雷神，劝他离开人间，到天上去居住。这样一来，雷河的灾害就能消除了。”这个解决方案虽然好，但如何才能找到那个勇敢的人呢？毕竟雷泽那么远，雷神又那么可怕，根本没有人敢去啊。

雷河岸上有一对老夫妻，他们有个独生女儿叫华胥。华胥是一个美丽善良、坚强勇敢的姑娘。在得知消除灾难的唯一办法后，为了让人们远离灾害，华胥瞒着父母离开家乡，顺着雷河往上游走，打算去劝说雷神。一路上，她饿了就采野果吃，渴了就喝雷河水，也不知道走了多久，终于来到一望无际的雷泽边。

华胥望着深不见底的雷泽，不知道怎样才能见到雷神。突然，湖面波涛翻滚，从水底钻出一个人首龙身的怪物。华胥吓

了一跳，急忙躲到一棵大树的后面。她在向后退的时候，根本没注意到自己的脚正好踩在一个巨大无比的脚印之上。踩到脚印后，她的身体不由得震动了一下，产生了一种异样的感觉，她竟然站在原地无法动弹。

钻出水面的那个人首龙身的怪物就是雷神，而那个巨大的脚印也是雷神留下的。华胥姑娘站在原地，镇定地质问雷神："天神都应该住在天上，你为什么住在人间，还给雷河两岸的百姓带来这么多的灾难呢？" ❶

❶ 雷神人首龙身，脚印无比巨大，面对这样的怪物，华胥依然质问他为什么给百姓带来灾难。通过对华胥的语言描写和雷神的外貌描写，表现了华胥的镇定和勇敢。

雷神虽然性格暴躁，却很佩服华胥的勇气，也爱上了她的美丽，于是回答说："我可以如你所愿，离开雷泽去天上住，但是你得答应做我的妻子。当然，我一定会好好对你的。" ❷

❷ 雷神性格暴躁，一手导致了雷河水泛滥，但华胥令他折服，对她表露了自己温柔的一面。这也侧面反映出华胥的勇敢。

华胥为了帮助百姓摆脱灾难和痛苦，答应了雷神的求婚，雷河终于平静下来，不再泛滥。另外，华胥因为踩了雷神的脚印，怀了身孕，不久便生下一个男孩。日日与雷神为伴，华胥对家乡日思夜想，思来想去，华胥觉得："如果我自己回不去了，那就把儿子送回去吧。"

❶ 一个像小船一样大的葫芦，实属世间罕见。此处夸张的描写手法，形象地表现出伏羲出生的传奇性。

❷ 交代了伏羲名字的由来。“葫芦”，在远古时期的神话里有着与生育相关的寓意。

一天，华胥趁着雷神外出，就把儿子放在一个像小船一样大的葫芦里，然后将它推进了雷泽。❶就这样，葫芦载着小宝宝，顺着水流向雷河下游漂去。此时，华胥的老父亲正在河边思念女儿，突然见到一只顺流而下的大葫芦，觉得很意外，连忙将葫芦捞上来。他回到家一看，葫芦里还有一个白白胖胖的小男孩儿。小男孩儿的身上裹着的正是华胥的衣服。老两口顿时明白了，这一定是自己的外孙！于是，他们高高兴兴地抱起这个孩子，决定要好好抚养他长大成人。

当地人们听到这个消息后，纷纷前来祝贺。因为孩子是装在葫芦里漂来的，大家便给他取了个名字叫“伏羲”。在华胥国的方言

中，“伏羲”就是“葫芦”的意思。❷

日积月累

风平浪静　横冲直撞　一望无际

延伸思考

1. 雷神给雷河两岸的人们带来了哪些灾难？

2. 为什么华胥敢于面对怪物般的雷神？

结网捕鱼

名师导读

雷神的儿子伏羲长大后，延续了母亲华胥勇敢善良的品质。他不畏惧龙王的凶狠，运用聪明才智，发明了渔网，并教会了人们渔猎的本事，让吃了上顿没下顿的日子成为过去。我们来看看伏羲是如何创造渔猎的。

雷神的儿子伏羲长大以后，成为身材高大的巨人。当时，人们的生活十分艰难，只能靠采摘野果充饥，偶尔猎取一些野兽，过着吃了上顿没下顿的日子。善良的伏羲非常同情大家，他思考了几天几夜，仍然没有想出任何解决这个问题的办法。

这天，伏羲一个人来到河边转悠。突然，一条又肥又大的鱼跳出水面，不小心掉落在岸边。伏羲灵机一动，心想：“水里

的鱼又肥又大，不是可以吃吗？”于是，他下到河里，捉了几条大鱼上来。

他将捉上来的鱼带回去，分给大家吃。大家觉得味道不错，于是都高兴地说：“以后我们再也不用担心饿肚子了，我们可以捉鱼吃。”从那以后，人们学会了到河里捉鱼。

看到大家不再饿肚子，伏羲心里美滋滋的。可这也给伏羲带来了一个大麻烦。龙王得知自己的鱼被人们抓走吃掉，十分恼火，于是带着手下跑来找伏羲算账。龙王恶狠狠地对他说：“江河湖海都是我的天下，你好大的胆子，竟然让人到我的地盘捉鱼吃！”

机智过人的伏羲理直气壮地说：“你不准我们捉鱼，那好，以后我们饿了就喝水，把水全喝干，让你们无处藏身！”①

龙王一听害怕了，心想：如果水真被人们喝干了，自己岂不是性命难保！于是，他脑子一转，对伏羲说：“只要你们不把水喝干，想捉鱼就捉吧。”但是龙王还是心有不甘，继续说道：“不过你们还得答应我一个条件——不能用手捉鱼，用其他什么方法都行。一旦答应

① 语言描写，刻画了伏羲的勇敢和机智过人的形象。面对恶狠狠的龙王，伏羲丝毫没有畏惧。正是因为抓住了龙王的弱点，所以才逼得龙王允许他们捉鱼。

❶ 通过心理活动描写和语言描写，刻画了龙王狡诈的形象。

❷ 动作描写。伏羲聪明过人，他目睹蜘蛛织网捉住猎物的过程，触类旁通，用藤条和木棍自制了渔网。

❸ 活蹦乱跳的大鱼，正如伏羲兴奋的心情。此处的语言描写，表现了伏羲心系大家的博大胸怀。

了这个条件，我们双方都不许反悔！”❶

伏羲答应了龙王提出的条件，龙王以为伏羲上了当，得意地回去了。

伏羲坐在大树底下，他开始思考怎样才能不用手，还能捉到鱼。如果用木棒击打，击中率非常低，人们还是会挨饿。就在这时，他抬头看见一只蜘蛛在树杈中织网，织好后，蜘蛛会躲到一边。网住猎物之后，蜘蛛便不慌不忙地爬过去饱餐一顿。

伏羲顿时开了窍，兴奋地叫起来：“我有办法了！”他跑到山上找到一些藤条，像蜘蛛织网那样，将藤条纵横交错地绑在一起，然后又砍来了三根木棍。他将两根短些的木棍交叉绑在网上，一根长的绑在一边，制成了一个渔网。❷

伏羲举着渔网来到河边，将网放在河里轻轻一捞，就捞上来好几条活蹦乱跳的大鱼！他兴奋极了，大声喊道：“快来啊！大家快来看看我做的渔网！”❸伏羲将渔网的制作方法教给大伙儿，很快人们就都学会了。龙王见人们用渔网捕的鱼比用手捉的鱼还多，非常后悔，可人们没有违反约定，他只能有苦说不出啦。

日积月累

机智过人　理直气壮　不慌不忙

延伸思考

1. 龙王给伏羲出了道什么难题？

2. 伏羲是如何发明出渔网的？

鲧盗息壤

名师导读

远古时候，因天帝发怒，致使人间洪水泛滥，二十二年间人们苦不堪言。这时，天宫中赫赫有名的天神——鲧站了出来。他盗取天宫宝物“息壤”，击退了洪水。他死后化作了龙，他和洪水抗争的精神被人们世代传诵。

远古时期，凡间无道，祸乱四起，这让天帝非常恼怒。天帝说：“我必须要惩戒和警告无知的人类，阻止他们再去为非作歹！”于是，他降下了旷日持久的大暴雨，一时间洪水肆虐。

这场洪水泛滥了二十二年，原本肥沃的、人们赖以生存的土地早已变成了一片汪洋。没有了安定的住所，有些人爬到了树上，像小鸟一样生活；有些人则住在荒凉的山顶，不但要抵御严寒酷暑，还要防御越来越多的猛兽的攻击。而且，还有很多人因为没有足够的食物而饿死。❶

当时，人间的首领尧看到大家受苦、死去，

非常心痛，于是召集大家商议。尧说："洪水泛滥了这么多年，人们已经无法生活下去了，大家有什么好的解决办法？"人们先是一阵沉默，随后有一个人提议说："不如，我们去请天神鲧来治水吧！"

鲧是黄帝的孙子，也是天宫中一位赫赫有名的天神。他一直心系人间，得知人间的百姓一直在受苦后，曾多次恳求祖父，希望他能体恤众生，收回洪水。黄帝不但不听，还认为鲧在蔑视他的权威，将鲧狠狠地训斥了一番。

无奈之下，鲧只好决定自己想办法来治理洪水。可是，面对浩瀚的洪水，他实在没什么好主意。他每天都紧锁着眉头，一副忧心忡忡的样子，他的愁容被很多人看在眼里。这一天，一只猫头鹰和一只乌龟来见鲧，它们给鲧带来了一个解决问题的办法。

它们对鲧说："尊敬的天神，我们听说天宫里有一种叫作'息壤'的宝贝。这种宝贝的神奇之处在于，你只需将一点点息壤撒到大地上，它就会不停地生长，并且越积越多。如果用它来堵塞洪水，肯定能行！"❷

❶ 此处描述了遭受洪灾的人间惨象，侧面反映出天帝的恼怒程度和不容蔑视的权威。

❷ 通过乌龟和猫头鹰说的话，指出息壤的宝贵和神奇之处，为下文鲧盗息壤后将要面临的惩罚埋下伏笔。

❶ 借用乌龟的担忧，指出鲧面临的难题，进而引出下文中鲧的抉择，体现了他心系人间的博大胸怀。

鲧听到这个消息高兴极了，连忙感激地说："谢谢你们两个，我正愁没有办法治理人间的洪水呢，现在终于有办法了。这真是太好了！"

可是乌龟却面露难色，有些担忧地说："息壤的确可以救人间，但它也是黄帝的宝物。如果天帝知道你偷了息壤，你一定会受到惩罚的。那时的你该怎么办？"❶

鲧没有回答乌龟的问题，他已经用坚定的神情表明了自己的决心。

尽管天宫戒备森严，息壤藏得很隐秘，但它还是被有勇有谋的鲧偷了出来。息壤果然很

神奇，只需撒到地上一点点，它就可以不停地生长，积成大坝，筑成大堤，大地终于变回了原来的样子。人们纷纷从山顶和树上走下来，盖起房屋，安居乐业，野兽也退回到了森林里。

还没等洪水全退尽，天帝便得知鲧盗走息壤的事情。他大发雷霆，立即命令火神祝融杀死鲧，夺回剩下的息壤。洪水又迅速地泛滥起来。

鲧怀着深深的遗憾死去，但顽强的斗志使他死后精魂不散，遗体过了三年还栩栩如生，并且他还在腹中孕育了一个新生命——他的儿子禹。三年的时间里，鲧将自己全部的心血和神力赋予了腹中的禹，准备让他继续为人们治理洪水。

天帝担心鲧变成强大的怪物跟他作对，于是派天神拿着宝刀，剖开鲧的肚子。没想到，禹从鲧的肚子里跳了出来，化作一条大龙直飞天宫；鲧也化作一条黄龙，跳进了羽山旁边的深渊。

日积月累

为非作歹　赫赫有名　大发雷霆

延伸思考

1. 洪水带来了哪些灾难？鲧为何要击退洪水？

2. 息壤是什么？它的神奇和宝贵之处在哪儿？

河伯献河图

名师导读

河伯以前只是一个一心想成仙的普通人，结果淹死于黄河。后来，机缘巧合，他成了黄河水神，还担当了治理黄河的重任。为了治理黄河，他画河图。传说他画的河图是大禹治水的三宝之一，它是怎么画出来的，河伯又是怎么把它给了大禹的？我们一起来看看吧！

大禹治理黄河用了三件宝物，一是河图，二是开山斧，三是避水剑。传说河图是黄河水神河伯献给大禹的。

古时候，在华阴潼乡有个叫冯夷的人，不安心耕种，一心想成仙。他听说，只要喝上一百天水仙花的汁液，人就可化为仙体。于是，他就到处找水仙花。

由于黄河没有固定的河道，黄河流经中原时，河水经常泛滥成灾。冯夷东奔西跑找寻水仙花，就得常常过黄河，常和黄河打交道。转眼过了九十九天，只要再找到一株水仙花，吮吸一天水仙花的汁液，冯夷就可以成仙了。为此，他很得意。

这天，他去一个小村庄找水仙花。这里的水不深，冯夷蹚水过河，可是到了河中央，突然河水猛涨。他一慌，脚下打滑，跌倒在黄河中，活活被淹死了。

冯夷死后，一肚子怨气，他恨透了黄河，就到玉帝那里去告黄河的状。玉帝听说黄河没人管教，到处横流撒野，危害百姓，也很恼火。他见冯夷已吮吸了九十九天水仙花的汁液，也该成仙了，就问冯夷愿不愿意去当黄河水神，治理黄河。冯夷喜出望外，满口答应。这一来可了却自己成仙的心愿，二来可报被淹死之仇。①

冯夷当了黄河水神，人称河伯。他从来没有治理过水，一下子担起治理黄河的大任，顿时束手无策，发了愁。怎么办呢？自己道行浅，又没什么法宝仙术，只好再向玉帝讨教办法。玉帝告诉他，要治理好黄河，先要摸清黄河的水情，画个河图，有了黄河的水情河图作为依据，治理黄河就省事多啦。

河伯按着玉帝的指点，一心要画个河图。他来到家乡，想找乡亲们帮忙。乡亲们都讨厌他平素好逸恶劳，没人搭理他。他找到村里的后老汉，讲了他治理黄河的志向。后老汉见他如今成了仙，要给百姓们办点好事，就答应帮

① 冯夷成仙的心愿强烈，又因淹死于黄河，恨透了黄河，所以答应当黄河水神。此处点出了冯夷的小心思，治理黄河有公报私仇的嫌疑。

❶ 排比句写出河图的重要性，也可看出河伯画河图确实下了番功夫，同时侧面反映出画河图和治理黄河是个苦差事。

❷ 从愤怒到冷笑，到张弓射箭，这一连贯的动作，正如射出的箭，迅速而无情，后羿把河伯的左眼给射瞎了。因父亲被淹死，后羿恨河伯的心情可见一斑。

他的忙。从此，河伯和后老汉风里来雨里去，跋山涉水，察看黄河水情。

一晃过了好几年，后老汉累病了，不得不回家乡休养。分手时，后老汉再三嘱咐河伯，干事要干到底，不要中途而废，画好图就动手治理黄河，人手不够，他再说服乡亲们帮忙。

查水情，画河图，是个苦差事。等河伯把河图画好时，已年老了。河伯看着河图，黄河哪里深，哪里浅；哪里好冲堤，哪里易决口；哪里该挖，哪里该堵；哪里能断水，哪里可排洪，画得一清二楚。❶只可叹自己没有气力去照图治理黄河了，他很伤心。河伯心想：总有一天，会有人来治理黄河的。到时候，我把河图献给他，也算自己没有白操心。从此，河伯就在黄河水底安度晚年，再也没有露过面。不料，黄河连连涨水，屡屡泛滥。百姓们知道玉帝派河伯来治水，却不见他的面，都骂河伯不尽责，不管百姓死活。

后老汉在病床上天天盼河伯归来，一晃过了好些年。他对治理黄河的事不放心，想要去找河伯。他儿子叫后羿，射箭百发百中。无论后老汉如何解释，后羿就是不让他去找河伯。后老汉不听儿子的劝阻，还是决定去找河伯。结果遇上黄河决口，后老汉被冲走了。因此，后羿非常恨河伯，他咬着牙说，早晚要为自己的父亲报仇。后来，大禹被任命治水，河伯听闻后决定把黄河河图献给他。

这一天，河伯听说大禹带着开山斧、避水剑来到了黄河边，他就带着河图从水底冒了出来，去找大禹。河伯和大禹没见过面，谁也不认识谁。河伯走了半天，累得正想歇一歇，这时河对岸走来一个年轻人。看这年轻人身材魁梧，想必是大禹，河伯就喊叫起来："喂，你是谁？"

对岸的年轻人不是大禹，是后羿。他抬头一看，河对岸一个仙风道骨的老人在喊，就问道："你是谁？"

河伯高声说："我是河伯。你是大禹吗？"

后羿一听是河伯，顿时怒冲心头，冷笑一声，说："我就是大禹。"说着就张弓搭箭，不问青红皂白，"嗖"地一箭，射中了河伯左眼。❷

河伯拔箭捂眼，疼得直流虚汗，心里骂道："混账大禹，好不讲道理！"他越想越气，就要去撕那幅水情图。

正在这时，猛地传来一声大喊："河伯！不要撕图！"河伯忍痛用右眼一看，对岸一个头戴斗笠的人，正在拦住后羿。这个人就是大禹，他知道河伯画了幅黄河河图，正要找河伯求

❶ 大禹因得了河图十分高兴，可见河图的重要性。河伯在治理黄河时也有无奈的时候，因而他把重任转交给了大禹。因此，河伯在治理浩浩荡荡的黄河这件事情上，也是有功的。

教呢。

后羿推开大禹，又要搭箭张弓。大禹死死拽住他，把河伯画图的艰辛讲给他听，后羿才后悔自己太莽撞，射瞎了河伯的左眼。

后羿随大禹一同蹚过河。后羿向河伯承认了过错。河伯知道后羿是后老汉的儿子后，也没多怪罪他。大禹对河伯说："我是大禹，特地来找你求教治理黄河的办法。"

河伯说："我的心血和治河办法都在这张图上，现在献给你吧。"

大禹把图展开一看，图上密密麻麻、圈圈

点点，把黄河的水情画得一清二楚。大禹高兴极了，他正要感谢河伯，一抬头，河伯跃进黄河，没了踪影。❶

大禹得了河图，日夜不停，根据图上的指点，终于治住了黄河。

日积月累

泛滥成灾　咬牙切齿　跋山涉水

延伸思考

1. 后羿为什么射瞎了河伯的左眼？
2. 河伯为什么把河图给了大禹？

黄帝战蚩尤

名师导读

黄帝打败炎帝后，被四方部落拥戴为首领，可是，东方九黎族首领蚩尤不愿臣服。蚩尤残暴好战，如果不将他拿下，恐怕养虎为患，让天下百姓不得安宁。这下，一场在所难免的战争即将打响。

黄帝打败炎帝之后，被四方部落拥戴为首领，唯独东方九黎族首领蚩尤不愿意臣服，而且三番五次前来挑战，妄图颠覆黄帝的统治，取而代之。

蚩尤生性残暴好战，手下八十一个兄弟个个骁勇善战。传说他们铜头铁额，取食砂石。就在蚩尤出征前，恰巧在山脚下发现了铜矿，这让蚩尤的队伍很快就装备起了铜制的各种先进兵器，比如箭、矛、斧、盾等。蚩尤还请来会操纵风雨的风伯和雨师助阵。眼看着装备精良的蚩尤气势汹汹地前来挑战，黄帝犯难了。❶

黄帝仁慈爱民，修德振兵，但厌恶杀伐。面对蚩尤此次来犯，黄帝叹息不已："我若让位于蚩尤，天下百姓定难逃劫难；我若姑息蚩尤，那必是养虎为患！"❷

思前想后，黄帝决定亲自率兵出征。几番对战下来，黄帝已然处于下风，在双方交战的七十多次中，黄帝胜少败多。

心力交瘁的黄帝一直在苦苦地寻觅打败蚩尤的方法。不知不觉中，他竟然累得睡着了。这一睡啊，黄帝做了一个神奇的梦。梦中，九天玄女带来了一部兵书，交到黄帝手中，随后就驾云离去了。

黄帝醒来后，手中果然多了一本兵书，内书有“天一在前，太乙在后”几个字。大彻大悟的黄帝立即按照兵书所授方法设九阵，置八门，阵内布置三奇六仪，制阴阳二遁，最终演习变化成为一千八百阵，名曰“天一遁甲”阵。多次演习之后，黄帝决定重新率兵与蚩尤决一死战。

出征之前，黄帝想到了一个重振军威、鼓舞士气的办法，希望能一举打败蚩尤。他打听到东海中有一座流波山，山上住着一头叫“夔”的神兽，它吼声震天，直贯九霄。黄帝派人把夔捉来，把它的皮剥下来做成鼓面，从它身上抽出一根最大的骨头当作鼓槌。③

① 蚩尤残暴好战，其队伍装备精良，且有风伯、雨师相助，阵容强大。黄帝和蚩尤一战，其激烈程度可见一斑。

② 黄帝修德振兵、大将风度跃然纸上，同时点出了黄帝出兵迎战的必要性。

③ 写出了“夔牛鼓”的来历和制作过程，也点出下文黄帝因有它的相助，胜利在望。

黄帝制成的这“夔牛鼓”，一捶，声震五百里；连捶几下，远震三千八百里。黄帝还用牛皮另做了八十面鼓，以此相互配合。

新的对战开始了！黄帝布好阵容，即下令擂起战鼓。那夔牛鼓和八十面牛皮鼓一捶响，声音如雷贯耳，震天动地。听闻这鼓声，黄帝的士兵个个勇气倍增，而蚩尤的士兵则个个丧魂失魄。虽然蚩尤和八十一个兄弟如凶神恶煞，但最终还是兵败四散。

黄帝乘胜追击，怎奈蚩尤的头颅如同铜铸一般坚硬，且他还能在空中飞行，即使走在悬崖峭壁上，也如履平地。黄帝怎么也捉不住他。后来，黄帝突发奇想，叫人使劲地将夔牛鼓连擂九下，蚩尤立即魂飞魄散，不能行走，最终被黄帝抓住了。从这以后，黄帝就稳稳地成了部落联盟的首领。

日积月累

气势汹汹　如雷贯耳　魂飞魄散

延伸思考

1. 说出黄帝必须迎战蚩尤的理由。
2. 交战双方的黄帝和蚩尤各具备哪些优势？

巨人刑天

名师导读

巨人刑天是中国远古时期的神话传说人物。他力大无穷，性格刚烈，手持斧头和盾牌。作为炎帝的手下大将，当炎黄之战中炎帝败局已定时，他仍选择继续战斗，即便丢掉了头颅……他永不妥协和抗争到底的精神为人们所称赞。

传说在远古时期，炎帝和黄帝为了争夺中央天帝的宝座，展开了激烈的战争。最后，黄帝凭借强大的武力战胜了炎帝，炎帝不愿再为争夺天下使百姓遭难，便退到南方。

炎帝有一个力大无穷的手下，名叫刑天。他性格刚烈，对炎帝忠心耿耿，曾多次请求说："请允许我带兵去攻打黄帝，把失去的土地夺回来！"炎帝总是摇摇头，不想再动干戈。

刑天决定一个人向黄帝挑战，他左手拿盾，右手拿斧，威风凛凛地杀向中央天帝的宫门，把黄帝的手下打得人仰马翻。黄帝拎着宝剑出来迎敌，与刑天从天上打到凡间，厮杀得难分高下。❶打到最西边的常羊山时，黄帝看准机会，一剑砍下刑天的头颅，硕大的头颅骨碌碌地滚落到了山谷里。

刑天立即蹲下身子，两手四处乱摸，想把头找回来。黄帝赶紧挥起宝剑，“轰”的一声劈开常羊山，把刑天的头埋在山里面，随后山又合在了一起。

刑天气急了，他站起身，把胸前的两个乳头当作一双眼睛，把肚脐当作嘴巴，愤怒地喊道：“你以为我没了头，就不能跟你交战了吗？”他左手拿盾，右手拿斧，朝着天空一顿猛砍。黄帝得意极了，悄悄回到了天宫，只剩下刑天在那里一直挥舞着大斧。❷

❶ 请战不成，刑天一个人杀向中央天帝。通过动作描写，刻画了一个性情刚烈、不服输的人物形象。

❷ 刑天被黄帝一剑砍下了头颅，依然以乳头当眼睛，以肚脐当嘴巴，继续搏斗。他的抗争精神和永不妥协的精神让人钦佩。

日积月累

忠心耿耿　威风凛凛　人仰马翻

延伸思考

1. 你对刑天最深刻的印象是什么？
2. 为什么炎帝不想大动干戈，刑天却一个人杀向黄帝？

后羿射日

名师导读

很久以前，天上有十个太阳，它们是东方天帝的孩子。十个太阳在汤谷里开心玩耍，它们还轮流值班，给大地送去光明和热量，世间万物都很感激它们。可是，有一天，十个太阳却一齐出现在天空，给人间带来了巨大的灾难。这下，连天帝都发愁了。

在很久很久以前，这个世间曾有十个太阳。这十个太阳是东方天帝帝俊和羲和的孩子。羲和常把她的十个孩子带到世界最东边的汤谷去洗澡。十个太阳宝宝在洗完澡后，便像小鸟那样栖息在一棵大树上——因为在太阳的中心本来就有一只可爱的小鸟。其中的九个太阳会栖息在长得较矮的树枝上，另一个太阳则在树梢上值班。值班的太阳每

❶ 写出了人间生活的美好景象，这与十个太阳有规律地轮流给人们带来光明和热量有关。

❷ 景物描写。与上文提到的大地的祥和安然形成对比，此时的大地真的是人间炼狱。十个太阳同时出现在天空，带来了很严重的后果。这为下文后羿射日埋下伏笔，起到承上启下的作用。

隔一晚就会换一个。

值班的太阳爬上树梢，就预示着白天来临，他就会坐着六龙车，开始穿越天空。十个太阳宝宝就这样十分有规律地每天一换，轮流给大地上的万物送去光明和热量。

生活在那个时期的人们过着十分有规律且非常舒适的日子。人们日出而耕，日落而息，生活美满。那时候，无论是人还是动物，都很感激太阳给他们带来的光明和快乐。❶

可是，有一天，这十个太阳想，如果他们可以一起周游天空，那肯定很有趣。于是，汤谷里的十个太阳不听妈妈羲和的话，一起跑到天空中玩耍，使地面的温度升高了几十倍，给人间带来巨大的灾难：河水沸腾了，土地烤裂了，森林起火了……原本祥和安然的大地变成人间炼狱。❷

帝俊见儿子们闹得太不像话，就召来神箭手后羿，赐给他一张红色的弓和十支白色的箭，说："你去替我教训一下我那十个不懂事的儿子。"

后羿领到旨意后，带着美丽的妻子嫦娥来

到人间。只见人间土焦草枯，满目疮痍，人们奄奄一息。后羿心里十分难过，他决定将十个太阳射下来为民除害。

后羿站在海边的一块巨石上，拉开弓箭，瞄准天上的太阳。可是，太阳投射的光线太强了，后羿抬头时根本睁不开眼睛。但是聪明的后羿想到了一个绝佳的办法，他低下头，依据海里太阳的倒影来测定它们的方位。只听“嗖”的一声，一道白光直冲云霄，紧跟着传来一声巨响，一个巨大的火球伴着火花骨碌碌地落在了地上。

接着，后羿又射下来八个太阳，人们赶紧劝阻说：“千万不要再射了，如果一个太阳都没有，整个世界会变得黑暗一片，

自然万物都无法生长，人类也无法活下去。”后羿对剩下的那个太阳说：“只要你以后不再为非作歹，我就饶了你！”太阳吓得连连点头。于是，天空恢复了原来的样子，空气也变得凉爽了，人们又开始了安居乐业的生活。

日积月累

满目疮痍　奄奄一息　安居乐业

延伸思考

1. 十个太阳轮流值班的意义是什么？
2. 说说后羿在你心目中的形象。

嫦娥奔月

名师导读

天帝原本只是派羿去教训一下太阳儿子，没想到羿直接射死了九个太阳。儿子们被杀，使天帝怒火中烧。后羿和嫦娥被贬下人间。嫦娥无法忍受人间的生老病死，她留恋在天庭无忧无虑的日子。后来，后羿从昆仑山找来了神药，据说吃了能长生不老……

后羿因为心疼百姓，射死了天帝的九个太阳儿子。这一举动惹恼了天帝，天帝将他贬下凡间，他永远失去了回天庭的机会。

后羿有一位美丽的妻子，名叫嫦娥。嫦娥本来在神界过着无忧无虑的生活，如今因为受到丈夫的牵连，也要在人间生活，并且还要经历人类的生老病死。嫦娥向来高傲，如今被贬为凡人，她怎么可能甘心？所以，她从未想过如何才能在人间生活得更幸福，而是到处询问回到天庭的办法。

这一天，嫦娥得到了一个对于她来说天大的好消息：在昆仑山住着西王母，人们尊称她为王母娘娘。西王母是天宫中所有女仙及天地间一切阴气的首领。如果能得到西王母的长生不老药，那么嫦娥就不用遭受人间的生老病死了。于是，她天天催促后羿到昆仑山西王母那里，去讨长生不老药。

其实，对于嫦娥也被贬下凡间这件事，后羿一直心怀愧疚。他深爱着自己的妻子，怎么会忍心让嫦娥遭受凡间病痛和衰老的折磨呢？于是，他带着对妻子的愧疚和爱，义无反顾地踏上了去往昆仑山的路。❶

一路上，后羿凭着自己过人的毅力越过重重障碍，终于来到了昆仑山。西王母在得知后羿的故事后，非常同情他的遭遇。于是，她命人取来一个葫芦，递给后羿，对他说：“这个葫芦里的神药，足够让你们夫妻俩长生不老。如果一个人全部服下，都足以飞升成仙了。不过，你一定要记住，必须在月圆之夜服下才会有效。”

后羿拿着药高高兴兴地回到家，把西王母的嘱咐全都告诉了嫦娥，还对嫦娥说：“你现在把药收好，等到八月十五月圆之夜，我们两个人一起服用。这样，我们就可以一生一世相守在一起了。”

嫦娥笑着点头，但她心里另有一番打算，她想：“我本来是天宫的神仙，受了丈夫的连累才变成凡人。如果我将长生不老药全服下去，就可以变回神仙、重回天宫，那该多好啊！”自私的嫦娥已经忘记了后羿对她的深情厚爱。❷

终于到了八月十五那天，后羿像往常一样出去打猎，嫦娥借口自己身体不舒服，留在家中等他回来。天色越来越晚，直到天上升起了又圆又亮的月亮，后羿还是没有回来。独自在家的嫦娥看见了圆月后，按照西王母所说，将葫芦里的神药全服了下去。

很快，嫦娥觉得身体轻飘飘的，她慢慢地升离地面，越升越高，转眼间穿过云层，飞到天宫。她担心天神们责怪她自私，便向清冷的月宫飞去。可没过多久，嫦娥就后悔了。她每

❶ 通过心理描写，道出后羿的心声。对嫦娥的深爱和愧疚，是他去往昆仑山寻找长生不老药的主要原因。

❷ 嫦娥的内心独白表明她留恋神界无忧无虑的生活，厌恶凡人的生老病死。这突出了她自私的一面。

天想着对自己情深义重的后羿，孤独地生活在月宫里。

日积月累

无忧无虑　义无反顾　情深义重

延伸思考

1. 你觉得嫦娥是个怎样的人？

2. 如果可以选择，你愿做天神还是凡人？为什么？

钻木取火

名师导读

很久很久以前，人类只吃生食，每到深夜，他们只能在黑暗和寒冷中度过，还得防备夜行野兽的攻击，他们连火的模样都不认识。有一个被称为燧人氏的年轻人发明了钻木取火，给人们带来了火种，使人们结束了茹毛饮血的历史。他的故事，就像冬日的火苗一样温暖。

在很久很久以前，人们不知道有火，更不知道如何使用火。人们只吃生的食物，无论食物是植物还是动物。因为食物没有经过加工，所以有很多细菌。人吃了这样的食物，虽然会有饱腹感，但很容易生病，因此那时人类的寿命都很短。另外，每到深夜，大地就会漆黑一片，没有任何东西可以用来照明。视觉敏锐并且习惯在夜晚出动的野兽，就会来到人类居住的地方猎食，嗥叫声不绝于耳，人们只能哆哆嗦嗦地靠在一起，又冷又怕。

有个天神看到人间的生活这样艰难，很想帮助人们，他想让人们了解火的用途。于是，就在一个平常的日子，他施展了法术——突然之间，山林里降下一场很大的雷雨，随着“轰隆

❶ 在发现火之前，人类只吃生食，在黑夜中不能御寒且没有光亮，还会遭受野兽的攻击。此处描述的是人类发现火的用途的过程，也说明了火给人类的生活带来很大的变化。

❷ 燧人氏悟性高，他发明了钻木取火，为人们带来了火种。“取火者”是对他形象的最佳定义。

隆”“咔嚓”的声音，雷电劈在干枯的树枝上，燃起熊熊大火。

人们被雷雨和大火吓得四处奔逃。终于在黑夜降临的时候，雷雨停了下来，但是雨后的大地变得更加潮湿阴冷。人们重新聚在一起，惊恐地盯着燃烧的树木，这个发光发热的东西究竟是什么？

这时，一个聪明的年轻人发现，平时围着他们嗥叫的野兽不见了，难道是怕这个发亮的东西吗？他小心翼翼地接近火堆，感到身上被烤得暖洋洋的。他兴奋地喊道：“大家快来呀！这个东西一点儿都不可怕，还能给我们带来光明和温暖！”

突然，又有人喊道：“这个东西还能杀死野兽，你们快尝尝被它杀死的野兽，真的很好吃啊！”就这样，人们知道了火的用途。❶ 他们捡来树枝，点燃火，将火种保留在山洞里，每天派人轮流看守，添加树枝，不让它熄灭。

有一天，守候火种的人睡着了，没有添加树枝，火种熄灭了，人们又陷入寒冷和黑暗之中。天神只好托梦给那个聪明的年轻人，告诉他说："那个带给你们光明和温暖的东西叫作'火'。遥远的西方有个燧明国，你可以去那里取来火种。"

年轻人醒了以后，想起梦里天神说的话，立即动身去燧明国寻找火种。他翻过无数座高山，蹚过无数条大河，越过无数片森林，终于到达燧明国。可是，燧明国是个连太阳和月亮都照射不到的地方，这里一片黑暗，连火种的影子都见不到。

年轻人失望极了，坐在一棵叫"燧木"的大树下休息。突然，几只大鸟飞到燧木树上，用短而硬的嘴啄树上的虫子：它们每啄一下，树干就闪一下亮光。年轻人恍然大悟，立刻折下几根燧木的树枝，用小树枝去钻大树枝。他不停地钻啊钻啊，终于，树枝冒烟了，燃起了火花！ 2

回到家乡后，年轻人教给大家钻木取火的方法。从那以后，人们再也不用生活在寒冷和恐惧中了。大家推举这位勇敢聪明的年轻人做了首领，称他为“燧人氏”，就是“取火者”的意思。

日积月累

小心翼翼　恍然大悟

延伸思考

1. 燧人氏身上有哪些品质让你敬佩？
2. 说说你对“火”的了解。

仓颉造字

名师导读

鸟兽经过时，总会在地面上留下脚印，这本来没什么大不了的，可是，仓颉却能从中受到启发，从而创造了文字，开创了中华文明之基。他是实至名归的汉字始祖。

仓颉是一位聪明有才德的人，传说他是黄帝的史官，负责记载部落里发生的大小事情。一开始，仓颉用祖传的结绳记事之法来记载事情，可时间一长，他也记不清那些大大小小、奇形怪状的绳结都代表了些什么，而且越想越糊涂，这让他十分郁闷。

有一天，仓颉打猎回来，走到一个岔路口，看到一群人正在争论什么。其中一个人说："我们应该往东走，东边有老虎。"另一个人说："我们应该往南走，南边有鹿群。"

仓颉听得很纳闷儿，问他们说："你们怎么知道哪里有什么野兽

❶ 结绳记事有很多弊端，仓颉受鸟兽足迹的启发，开始琢磨改进结绳记事的方法。可见他非常善于思考。

❷ 通过心理活动描写，写出仓颉创造文字的想法。可见他善于观察和总结。

呢？”那群人回答说：“野兽经过时，会在地面上留下脚印，每种野兽的脚印都是不同的，很好分辨啊！”仓颉看着地上的脚印，若有所思地点点头。❶

回家的路上，他想：“既然世间万物都有自己独有的特征，为什么不能将它们分类画出图形？如果大家都能认识那些图形，不就可以用来记事了吗？”❷说干就干，仓颉立即捡起一根树枝，在地面上画起符号，画到天黑才回家。他还给那些符号起了个名儿，叫“字”。

仓颉发明的字，几乎都是按照各个事物的

特征画出来的。比如“人”字，是按照人的形态创造的；“日”字，是照着太阳圆圆的样子画出来的；“月”字，是照着月牙弯弯的样子画出来的……从那以后，中华民族就有了文字。

日积月累

独一无二　若有所思

延伸思考

1. 和结绳记事相比，说说文字给人们带来的好处。
2. 仓颉身上有哪些优点值得我们学习？

天降谷雨奖仓颉

名师导读

仓颉造字有功，其意义堪比盘古开天辟地，就连九天之上的天神也被他感动了。天神决定重重地奖赏仓颉。是奖给他一尊黄金铸造的金人，还是高官厚禄？而“谷雨”节气正与此相关，这是为什么呢？

仓颉发明文字后，为了创造出更多的文字，他走遍高山大川，看尽世间万物，俯察龟文、鸟羽、山川、指掌，然后一一描绘摹写，造出种种不同的符号，并且定下了每个符号所代表的意义。文字记载从此登上了历史的舞台。

仓颉对于中华民族文明的功劳，简直堪比盘古开天辟地，就是居住在九天之上的天神也深受感动。天神决定重重地奖赏仓颉。

就在这天晚上，正在睡梦中的仓颉，忽然听见有人喊他，叫他赶紧起来领赏。

“仓颉，给你一尊黄金铸造的金人，以赏你造字之功。”

仓颉迷迷糊糊地回应道：“我不要那些钱财功名。”❶

“仓颉，给你金人你不要，那你想要什么？”

仓颉回应他：“我要老百姓五谷丰登，都能吃上饱饭！”❷

那人应了一声“好”之后，就飘然离开了。

仓颉睁开眼睛，才发现自己只是做了个梦。

第二天一早，仓颉刚要出门，就看见从天上降下漫天的谷粒。那些谷粒比雨滴还要稠密，而且足足下了一个时辰，地上很快就积聚起了一尺多厚的谷粒。每一个村子、每一座山峰、每一片河谷，到处都是谷粒。等到从惊异中回过神来，老百姓才纷纷高兴地往家里收谷粒。❸

看到眼前这样的景象，仓颉马上明白，这和昨晚的梦有关，这是天神应了自己的要求，降恩赐给老百姓。他恭敬地连连跪拜，然后急忙去找黄帝，把昨晚做的梦一五一十地告诉了黄帝。

黄帝听了仓颉的话，同样深感他造字的功劳是应该大力奖赏的。为此，他把天神奖赏仓颉降下谷子雨的这天，定为一个节日，即谷雨节。同时，黄帝还让天下的人，每年到了这一

❶ 通过对话，写出仓颉不贪恋功名利禄的品德。

❷ 通过仓颉的第二个回答，可见他心系百姓、胸怀博大。仓颉的形象也更加丰满。

❸ 天降谷粒的情景描写。拿雨滴做对比，又从时间、空间两个方面来描述，可见谷雨下得有多稠密，有多久。

天都要欢歌起舞，以此感谢上天对人间的恩泽。从此，谷雨节便一直延续下来了。

时至今日，人们还会举办庙会，以缅怀和祭祀文字始祖仓颉。当然，在历史长河的演变中，这个非常合乎华夏大地农事时令的谷雨节，也以二十四节气之一的形式——谷雨，流传了下来。

日积月累

斗转星移　日思夜想　五谷丰登

延伸思考

1. 你对仓颉最深刻的印象是什么？
2. 如果你是仓颉，面对天神的赏赐，你会许一个什么样的愿望？

后稷教稼

名师导读

后稷是中华民族的“百谷之神”。他刚出生的时候被人们当作怪物遗弃，却被神鸟呵护。长大后，聪明的他从掉在地上的野果生根发芽的现象中总结出了耕种的方法和经验，并教会了人们稼穑之术。

很久以前，有一个美丽的姑娘叫姜嫄。有一天，她跟同伴到离家很远的森林里采蘑菇。

忽然，两只漂亮的大花蝴蝶从姜嫄面前飞过。她丢下手中的篮子，朝蝴蝶追去。那两只蝴蝶好像在故意引路似的，飞飞停停，引得姜嫄不知不觉跟着它们跑出很远，最终来到一片花丛中。不知是花色迷了眼，还是蝴蝶会隐身，一眨眼的工夫，蝴蝶就不见了。

姜嫄在花丛中找了半天，始终没能发现蝴蝶。沮丧的姜嫄只得无奈地往回走，发现在道路前方居然有一串很大的脚印。

“咦，谁的脚印这么大啊？”姜嫄惊奇地自言自语，还用自己的脚踩到大脚印上比较了一下。没想到，她的脚刚刚触碰到那个巨大的脚印，她就觉得身体一阵发热，有种说不出的感觉。

回到家以后，姜嫄一直觉得身体不大对劲，肚子也渐渐鼓起来，一年后竟然生了一个大胖儿子！人们认为这个孩子肯定是个怪物，就把他从姜嫄怀里夺走，丢弃在狭窄的小巷里，想让路过的牛羊踩死他。可是很奇怪，路过的牛羊不但没有踩他，还喂他奶吃。①

人们只好抱起孩子，把他丢弃到荒野外的寒冰上，心想这样一来他不被冻死也会被饿死。可是，令人惊奇的事情又发生了：天上突然飞来一群长着金黄色羽毛、体形硕大的鸟，有的用翅膀托起孩子，有的用翅膀轻轻盖在孩子身上。一位老人家惊呼："这个孩子一定是天神下凡！"于是，人们把孩子抱回去，还给了姜嫄。因为他一再被大家抛弃，人们就为他取名为"弃"。②

当时，人们每吃完一个地方的野生谷物和野果等，就要迁移到另一个地方，根本不能在一个地方安居。弃长大以后，看到人们过着迁

① 姜嫄因为踩了大脚印怀了孕，这件事本不符合大自然的规律，所以孩子出生后，就被人们丢弃了。可神奇的是，牛羊却把这个孩子当作自己的孩子来喂养。这两件奇怪的事情，足见这个孩子的身世充满传奇色彩。

② 人们把这个孩子当作怪物遗弃，可是天上的鸟都飞来呵护他。奇怪的事情总发生在这个孩子的身上，由此可见他的不平凡。

❶ 心理描写，可见弃善良的心地，以及他善于观察生活、爱思考的性格特征。

❷ 此处写明弃如何从生活中学会耕种。从侧面反映出他很勤奋、很聪明。

徙的生活，心里很不是滋味，他想：“要是摘完的果子和野菜还能再长出来多好啊，这样就可以在一个地方安家啦！”❶

聪明的弃发现，一些掉在地上的野果不久会发出小小的嫩芽。他收集了一些颗粒饱满的种子撒在土里，又从附近的小河取水来浇灌。不久，一片绿油油的小苗长出来了。弃高兴极了，精心照料着那些小苗，仔细地观察它们的

生长状况，并总结出很多耕种经验。2

秋天到了，弃种植的土地上长出沉甸甸的谷穗。人们震惊了，认为弃是天上的神仙。又因为他善于种植多种粮食作物，人们尊称他为“百谷之神”。

人们争先恐后地向他请教怎样种地。从那以后，人们都学着种植庄稼和蔬菜，懂得了粮食的春播、夏管、秋收、冬藏，获得了农事活动的经验，从此开创了农耕伟业。人们再也不用经常迁徙了。人们出于敬仰和爱戴，尊称弃为“稷王”“后稷”。古代帝王为稳固政权，每年都要祭祀土地之神“社”和百谷之神“稷”，并将“社”“稷”视为国家的根本，因此也有了“江山社稷”的说法。

日积月累

自言自语　争先恐后

延伸思考

1. 你对后稷最深刻的印象是什么？
2. 后稷出生时，人们为什么要遗弃他？

神农尝百草

名师导读

传说神农氏是个善良的天神，他为了给百姓治病，来到了人间。他不怕中毒，亲自品尝百草，只为了了解草药药性。相传，他写下了《神农本草经》，给人们留下了珍贵的药学资料，造福百姓。

居住在西方昆仑山的西王母不仅掌管着珍贵的长生不老药，而且还管理着各种毒虫疫兽。有一天，由于她的手下失职，一大批毒虫和疫兽都逃出了昆仑山。于是，瘟疫开始在人间蔓延，老百姓被病痛折磨得苦不堪言。

天帝在得知了这个消息之后，赶紧派遣炎帝神农氏到人间去，为百姓解除疾苦。神农氏是个非常善良的天神，他长着牛头人身，肚子是透明的。①

当神农氏奉命来到人间后，发现无论是要防止瘟疫蔓延，还是要将已经患病的百姓治好，都需要很多草药。但是草药十分难寻，它们通常会与杂草长在一起，没有人知道哪些是可以治病的草药，哪些是会害人的毒草。即便找到了草药，人们也不知道那些草药可以治疗何种疾病。

❶ 此处交代了神农氏来人间的目的，并写出了神农氏的外貌特征和性格特征，给读者留下初步的印象。

这可是一个很棘手的问题，神农氏苦思冥想了好久，最后决心要亲自尝遍百草，确定每种草的药性。于是，他走遍高山、峡谷，亲自采摘花草放到嘴里尝，然后详细记录下来哪些是苦的、哪些是甜的，哪些性热、哪些性凉，哪些能充饥、哪些能医病。这一切他都记得清清楚楚。他凭借自己对草药药性的了解，将不同的草药给不同症状的患者服用。❷

❷ 此处写出神农氏为了给百姓解除疾苦，不怕苦、不怕累、不怕中毒的精神。

他把带有苦味的草给咳嗽不止的人吃，那人的咳嗽立刻减轻不少；他把带有酸味的草给肚子疼痛的人吃，那人的肚子疼也缓解很多……就这样，神农氏给许多百姓治病，并且都治好了，从此大家非常尊敬他。

可是，品尝草药的方法并不安全。这一天，神农氏品尝了一棵药草，刚嚼了几下，就突然觉得头晕目眩，一头栽倒在地。神农氏清

❶ 语言描写，写出神农氏为了给百姓治病，不怕辛劳的精神；同时也写出了他为百姓遍尝草药，即便中毒也无畏的精神。

楚地知道自己已经中了毒，但他说不出话，只能憋住一口气，指着面前的红灵芝。这时恰巧有人经过，人们赶紧扶起他，把灵芝嚼碎喂到他的嘴里，才帮他解了毒。大家都很替他担心，于是劝他说：“您一个人在山上太危险了，如果不是碰巧今天我们在这儿，都没有人可以帮您解毒，您还是下山回去吧。”

神农氏摇摇头说：“不能回！还有很多生了病没治好的百姓，他们还需要很多种草药，

我怎么能回去？”❶就这样，神农氏冒着生命危险，继续为百姓寻找草药。他曾经在一天内中毒多次，好在他的肚子是透明的，可以看清五脏六腑，看清中毒的部位，及时找到解救的方法。

有一次，神农氏发现了一种生长在石缝中的藤状植物，开着可爱的小黄花，花萼还一张一合地动。他觉得很好奇，便摘下花和茎吃到肚子里，等待身体的反应。没想到，这种植物含有剧毒，过了一会儿，神农氏的肚子开始钻心地痛。他眼看着自己的肠子被毒得一截截断开，来不及给自己解毒就死去了。后来，人们给这种植物起名叫“断肠草”。

神农氏虽然死了，但相传他留下了《神农本草经》，书中记载了三百六十五种草药的性能和用途，是非常珍贵的药学资料。

日积月累

苦不堪言　苦思冥想　头晕目眩

延伸思考

1. 神农氏为什么即便中毒了也要坚持为百姓寻找草药？
2. 说说神农氏在你心中的形象。

五神山变三神山

名师导读

神仙居住的地方到底是什么样的？传说渤海东面有个极大的沟壑，叫归墟，这里曾经漂浮着五座富丽堂皇的神山，神仙们住在上面逍遥自在。为了让神山不随着海浪漂浮，天帝派了十五只神龟去驮神山。后来，龙伯国的一个巨人把其中两座神山下的神龟给钓走了。这下，神仙们惨了。

共工怒撞不周山以后，渤海东面形成了一个极大极深的沟壑，叫作归墟。天底下大小河川里的水都奔腾不息地流进归墟，却一点儿水都没有溢出来，可见它的容量有多大。

归墟里漂浮着岱舆、员峤、方丈、瀛洲、蓬莱五座神山，每座神山高三万里，周长三万里，山顶平坦的地方方圆九千里，它们都是神仙居住的地方。神山上到处生长着神奇的树木，有的结满璀璨的宝石，有的结满珍珠，有的结满仙果，吃了这些仙果可以长生不老。山顶的宫殿用亮闪闪的黄金建造，连栏杆都是用白玉雕成的，富丽堂皇。❶

穿着轻柔羽衣的神仙们住在宫殿里，每天吃仙果，饮甘露，自由自在地飞来飞去，到附近拜访亲朋好友，过着逍遥快乐的生活。不过，他们也有一件烦恼事，要向天帝寻求解决的办法："天帝，五座神山像船一样在归墟里漂浮不定，遇到大风大浪的时候，常常被吹得不知所踪，我们走亲访友实在是太不方便了！"

❶ 描述了五座富丽堂皇的神山，以夸张的数字形容其高大，神仙可以逍遥自在地住在上面，并通过想象描绘了一个奇幻的仙界景象。

天帝想了想，说："这件事确实应该解决。这样吧，我下令给北海的海神禺强，让他想办法。"接到天帝的命令，禺强派了十五只力大无比的神龟来到归墟，将神龟分为五组，每组三只，轮流驮着五座神山。平时由一只神龟负

❶ 神龟驮着神山，让神山稳稳当当地屹立在归墟中，从而不再漂浮不定。此处想象奇特。

❷ 此处描述了龙伯国巨人到底有多高大，相比之下，五座神山显得太渺小了。

责驮山，其余两只在旁边静静地守候，每六万年替换一次。从那以后，五座神山稳稳当当地停在归墟中，像生了根一样，再也不会随意漂移了。❶

在昆仑山北部几万里远的地方有个巨人国，传说那里的人都是龙的子孙，个个长得无比高大，所以巨人国又叫龙伯国。

有一天，龙伯国里的一个巨人闲着没事做，便带着鱼竿到归墟来钓鱼。浩瀚的渤海只没到他的小腿，他没走几步，就把五座神山游遍了。突然，他见到有只神龟趴在水底一动不动，不由得喜出望外，赶紧甩出手中的钓竿钓神龟。❷

常年驮着神山的神龟实在太饿了，顾不上想什么，张开大嘴一口吞下钓饵，巨人急忙收竿，将钓上来的神龟扔到背篓里。就这样，巨人连连甩竿，把岱舆和员峤两座神山下的六只神龟全钓了上来，然后兴高采烈地背上背篓回家了。

两座神山失去了支撑，在归墟里漂啊漂啊，一直漂到很远很远的北极，沉没在大海里。住在山上的神仙们只好匆匆搬到别处去住。天帝知道这件事后大发雷霆，运起神力将龙伯国的土地削小，还将龙伯国人的身体缩小很多，以免他们再出去惹祸。从那以后，五座神山只剩下方丈、瀛洲、蓬莱三座，它们在九只神龟的看护下，稳稳地立在归墟中。

日积月累

富丽堂皇　喜出望外　兴高采烈

延伸思考

1. 说说神仙们居住的五座神山美好在哪儿。

2. 天帝为什么大发雷霆，把龙伯国人变小了？

夸父追日

名师导读

为了留住西落的太阳，夸父迈开大步追逐起太阳来。他跑啊跑啊，眼看着就要追上了，可太阳依然在西边。因为离太阳太近，被炙烤着，他口渴难耐，把黄河水和渭河水都喝光了还是渴……他不会还要继续追逐太阳吧？

在北方一座大山上，有一位耳朵上挂着黄蛇、手中拿着黄蛇的巨人，名叫夸父。他不仅身材高大，而且有一双健步如飞的飞毛腿，跑起来没有谁能追得上。

有一天，夸父在晒谷场上翻晒谷物，干得非常起劲，没留意时间已经过了很久，太阳正朝西边慢慢下沉。他抬起头向太阳喊道：“喂，你没看到我的谷物还没晒干吗？停下来！快停下来！”可太阳才不理睬他呢，自顾自地向西边滚去。

夸父非常生气，提起手杖、迈开大步向太阳奔去，一边追，

❶ 把夸父流的汗比喻成雨水，可见太阳有多么炙热，他有多热和口渴，引出下文。

❷ 夸父因口渴喝光了渭河水和黄河水，却依然不放弃追日。他永不言弃的精神值得敬佩。

一边喊：“快停下来！快停下来！”夸父跑得快极了，眼看就要追上太阳了，他兴奋地举起一只手，想抓住眼前的大火球。

可是，离太阳越近，夸父越觉得酷热难耐。太阳炙烤着他，他的汗像雨一样不停地往下落，他的脚步也慢了下来。❶ 夸父觉得非常口渴，赶紧跑到黄河边，不顾河水浑浊，把黄河水喝了个精光；又跑到渭河边，一口气喝光了渭河水。然后，夸父又向北方跑去，想去喝大泽的水。可去大泽的路途太遥远了，还没

跑到地方，夸父就在中途渴死了。❷

夸父倒下以后，变成一座巍峨的大山，他的手杖变成山北边郁郁葱葱的桃林。夸父相信，一定还会有人像他这样追赶太阳，这片桃林就是给他们解渴用的。

日积月累

健步如飞　郁郁葱葱

延伸思考

1. 夸父为什么要追逐太阳？他值得我们敬佩的地方在哪儿？
2. 说一说你对夸父的印象。

精卫填海

名师导读

东海浩瀚而无情，狂暴而冲天的海浪经常吞没无辜的生命。有一只长着白喙、红爪、美丽花纹的精卫鸟，从发鸠山衔来小石子和小树枝，丢进东海里，不分昼夜，只为了填平大海……

传说炎帝有个活泼美丽的小女儿，名叫女娃。有一天，女娃听说东海有蓬莱、方丈、瀛洲三座仙山，山上姹紫嫣红，仙乐悠扬，美不胜收，便决定到仙山上看看。

浩瀚的东海是当时最大的海洋，女娃到达那里的时候，正赶上东海怒涛汹涌，掀起狂风骇浪，巨浪拍在岸上，发出令人胆战心惊的响声。女娃从小就无拘无束，敢想敢做，根本没把千尺巨浪放在眼里。为了早点儿看到仙山，她毅然跳进东海，奋力向海中央游去。

但是，狂暴的大海掀起冲天的波浪，无情地吞没了她弱小的身躯，她怎么也想不到，她喜爱的大海会这么残酷无情！女娃不甘心就这样死去，她的魂魄一直不灭，怀着哀怨和愤恨化作一只精卫鸟，冲出海底，飞到了西方的发鸠山上。❶

这只精卫鸟长着白色的嘴、红色的脚，头上还有美丽的花纹，鸣叫的声音好像在呼唤自己的名字，十分哀伤。它痛恨吞掉自己无辜性命的大海，发誓一定要把大海填平！于是，它不分昼夜地从发鸠山衔来一粒粒小石子和一根根小树枝，一次次投进无边无际的东海。❷

东海咆哮道："你这只愚蠢的鸟！快停下来吧，你永远也不能把我填平！"精卫鸟坚定地说："即使我填不平你，我的子子孙孙也会永远填下去！"❸就这样，一代又一代的精卫鸟继承了女娲的遗愿，在大海和大山之间不辞劳苦地飞来飞去，从山上衔来石子和树枝投入大海。

❶ 对大海狂暴和无情的描述，衬托女娃弱小的身躯和她不屈的精神。

❷ 精卫鸟长得不稀奇，鸣叫声让人感到悲伤。它勇敢无畏，面对残暴选择了抗争——填平大海。此处是精卫鸟的外貌特征、心理活动和动作描写。

❸ 通过东海和精卫鸟的对话，写出了精卫鸟意志的坚定。

日积月累

美不胜收　胆战心惊　无拘无束

延伸思考

1. 大海无边无际，精卫鸟却要填平它，为什么？

2. 你喜欢精卫鸟吗？为什么？

愚公移山

名师导读

太行山和王屋山两座大山挡住了愚公家的通道，为了出行方便，愚公召集家人商量，打算移走这两座大山。在大山面前，愚公他们显得很小，他们还得考虑将大山移到哪儿去，以及在移山的漫长岁月里，应该怎么坚持下来。他们成功了吗？

太行山和王屋山两座大山，有一万多丈高，绕着山走一圈，得走七百里。

有个叫愚公的人，都快九十岁了。他家正对着太行山、王屋山两座大山，大山挡住了他家的通道。他们进进出出，都要绕道而行，很不方便。于是，愚公就将家人召集在一起商量：“这两座大山，堵住了我们的路。我打算和你们一起，尽全力挖平这两座山，那样我们以后出门就方便了！你们说这样可好？”大家都很赞同。

只有愚公的妻子提出质疑，她说：“凭你的一点力量，连魁父这样的小山都不能移动，更何况是太行和王屋这两座大山呢？再说，铲出来的那些石头和土块又往哪里堆放呢？”

大家说："把石头和土块运到渤海边上就行了。"

于是，愚公就带领儿孙中能够挑担的三个人，一起敲碎两座大山的石头，挖出土块，用箩筐装上土石，挑着担子，运到渤海边倒掉。愚公的邻居是个寡妇，她有个七八岁的儿子，也来帮他们运土。冬去春来，一年才往返一回。

黄河边上住着一个老汉。这个人很精明，人们管他叫智叟。他听说这件事后，讥笑愚公不明智，试图阻止愚公，他说道："你可真是老糊涂了！你连这两座山上的草木也搬不动了，更何况是搬运石头和土块呢！"❶

❶ 通过智叟的质疑，指出愚公移山面临的困难。

愚公听后，长叹道："你也太顽固不化了，以至于不通情理，连寡妇和儿童都不如。虽然我终究会死，但我还有儿子呀，儿子又生孙子，孙子再生他的儿子，他儿子又会有儿子，儿子再生孙子，子子孙孙，无穷无尽。而那两座大山却不会增高，为什么不能将它们移走呢？"智叟听后哑口无言。❷

❷ 语言描写。面对智叟的质疑，愚公认为智叟才是顽固不化，愚公认为子子孙孙，无穷无尽，而大山却不会增高，怎么不可以移走大山？从中可见愚公坚定的信念和顽强的精神。

一个手里握着蛇的山神听见愚公的这番

话，担心愚公真会这样干下去，于是将此事报告给了天帝。天帝被愚公的真诚和意志感动，命令大力神的两个儿子把两座大山搬走了。

从此以后，愚公的门前一望无际，连较高的丘陵都看不到了。

日积月累

顽固不化　哑口无言

延伸思考

1. 面对智叟的质疑，愚公依然很坚定地认为他们能移走大山。你怎么理解他说的这番话？
2. 你佩服愚公的什么精神？

牛郎织女

名师导读

每年的农历七月初七晚上，喜鹊会在银河上搭桥，牛郎和织女总会在鹊桥上相会。牛郎和织女彼此相爱，却被一道浩瀚的银河隔开。关于他们，有一个感人的传说。

从前，有个勤快忠厚的放牛娃叫牛郎。他的父母去世后，狠心的哥嫂跟他分了家，只分给他一头瘦弱的老黄牛。他带着老黄牛在山坡上盖了间草房，又在旁边开了块荒地，过着自食其力的生活。

一天夜里，老黄牛突然对牛郎说："牛郎，我原本是天上的金牛星，因为犯错被贬入凡间做苦力。明天晚上月亮升起来的时候，你翻过这座山，再穿过一片小树林，就会看到一片湖。天上的仙女会在那片湖里洗澡嬉戏。你把湖边草地上的红色纱衣捡起来，躲到树林里。来找你要衣服的织女，将是你的妻子。"

牛郎听了，惊讶极了。第二天晚上，他按照老黄牛的吩咐去做，果然见到了美丽的织女。牛郎把她带回家，织女成了牛郎的妻子，两个人的小日子过得非常幸福。一年后，他们生了

一对可爱的龙凤胎：金哥和玉妹。❶

可是，老黄牛快要死了。临死前，它对牛郎说："你和织女过着幸福的日子，只是如今天上的王母娘娘知道了。天条规定，人神不能相恋，只怕王母娘娘要来抓走织女。我死后你留下我的皮，穿着它就能飞上天。"

不久，王母娘娘果然派遣天兵天将下凡，把织女捉上天。牛郎赶紧穿上黄牛皮，用扁担挑着两个箩筐，里面装着金哥和玉妹，向天上追去。狠心的王母娘娘拔下头上的金簪，在空中一划，顿时出现一道波涛汹涌的银河，将牛郎和织女隔开。❷

❶ 牛郎照着老黄牛的办法，与织女结为夫妻，从此过上了幸福的生活。

❷ 为了追回被抓上天的织女，牛郎不顾自身力量薄弱，选择与天神抗争。

牛郎难过地喊着：“娘子！娘子！”两个孩子也哭喊着。玉帝见他们可怜，便允许他们在每年的七月初七这天，在银河的鹊桥上相会。

日积月累

自食其力　波涛汹涌

延伸思考

1. 王母娘娘为什么要抓走织女，破坏她和牛郎的幸福生活？
2. 读了这个故事，你觉得哪里最让你感动？

蚕神的传说

名师导读

每年的小满时节，我国民间都会举行祭蚕神的活动，以感谢蚕神造福蚕民。传说，蚕神从前是个普通的姑娘，因挂念出远门的父亲，她对家里养的一匹白马说了一句话，白马一溜烟就跑远了。她到底对白马说了什么？后来又发生了什么事情呢？

传说古时候有一户人家，家里只有父女二人相依为命。女儿生得俊俏，而且聪慧可人。家中还有一匹健壮的白马。白马日行千里，是一匹不可多得的良驹。而且它通晓人性，懂得人的语言，人们都说这是一匹神马。

一天，父亲有事要出远门。临出门的时候，父亲嘱咐女儿，一定要精心喂养白马。父亲走后，女儿一人孤苦伶仃，她时常和白马说话。白马虽然不会言语，但会通过点头或甩尾回应姑娘。

日子就这样一天天过去了，眼见父亲迟迟未归，女儿思父心切，就半认真半开玩笑地对白马说：“白马呀白马，如果你能

❶ 因思父心切，姑娘对白马做出了一个嫁给它的许诺。她却不知道，如果不兑现自己的诺言，就会付出代价。

❷ 因为姑娘没有兑现当初的诺言，白马表现得病恹恹的，且对姑娘愤恨不平，二者之间的矛盾已产生。

❸ 白马只剩了张马皮，但马皮很有灵性，像一阵风似的把姑娘卷走了。许下诺言不兑现，姑娘遭受了惩罚。

接回我的父亲，我就嫁给你做妻子！”❶

姑娘话音刚落，白马竟然用力挣脱缰绳，向门外飞奔而去。

远在千里之外的父亲，看到家里的白马不知何故突然出现在他的面前，惊诧不已。白马冲着来时的方向，嘶鸣不已。父亲以为家里发生了变故，立即跨马扬鞭直奔家中。

父亲回到家中，才知道家里并没有发生什么变故，只是女儿思念自己罢了。父女团聚后，一家人其乐融融。但这匹白马突然像是生病了一样，不吃不喝，每当姑娘从它旁边经过时，白马都会引颈长嘶，愤恨不平。❷

内心惴惴不安的姑娘，思来想去，最终还是将之前对白马许诺的事情告诉了父亲。父亲听了女儿的话，大吃一惊，无论如何他都不会把女儿嫁给一匹马。于是，第二天，父亲就趁白马不备，把它给射死了，然后剥下马皮晾在了院子里。

女儿为此郁郁寡欢了许久。有一天，她伤心地摸着马皮，喃喃自语。这时，神奇的事情发生了，那马皮突然像一阵风似的把她给卷走了。等父亲发现的时候，女儿和那张马皮早已不知所踪。3

原来，那马皮卷走姑娘之后，一直往西南方向飞去，最后来到了一个人烟稀少的桑树林。

可怜的姑娘来到这片树林之后，就失去了自己的原形，变成了一只头部长得像马头形状的蚕，每日趴在树上，以桑叶为食。而每当她思念家乡、思念父亲的时候，就会吐出长长的丝线，以寄托自己悠长的思念。

又过了很久，天帝感念她吐丝结茧，造福蚕农，于是就封她为蚕神。

如今，民间每逢蚕事忙碌的小满时节，都会举行祭蚕神的活动。

日积月累

惴惴不安　郁郁寡欢　漫山遍野

延伸思考

1. 从这个故事中，你受到怎样的启发？

2. 你对文中的姑娘有什么印象？对蚕神又有什么印象？

孟姜女哭长城

名师导读

传说秦朝时，有个叫孟姜女的女子，她的丈夫被抓去修建长城。为了寻夫，她一路坎坷，终于到了长城脚下，却听闻丈夫已经去世的噩耗。她悲伤欲绝，在长城脚下哭得撕心裂肺，把巍峨的长城哭塌了……

传说在秦朝时期，有个孟老伯老年得女，给她起名为孟姜女。老两口将女儿视为掌上明珠，对她非常疼爱。

转眼间，孟姜女长到了十八岁，该嫁人了。当时，秦始皇正在到处抓劳工修长城，饿死、累死的劳工不计其数。书生范杞良也被抓到工地。因受不了虐待，他拼死逃了出来，趁天黑躲在孟姜女家的花园里，被孟老伯发现了。孟老伯见他虽然衣着破旧，但一表人才，就收留他做了上门女婿，把孟姜女许给了他。两个年轻

人相敬如宾，过得十分幸福。❶

有个叫孟兴的人，为得到孟家的财产，一心想娶孟姜女。见自己的愿望落空，他便恼羞成怒，向官府告发说：“孟家窝藏劳工范杞良！”于是，一群官丁闯入孟家，抓起范杞良就走。

孟姜女哭着追上去，被官丁推倒，她趴在地上哭得死去活来。

孟姜女的父母本来就上了年纪，再加上难过，没过多久都去世了。孟姜女在坟前跪下，说：“女儿要去

寻找范杞良，爹娘如果地下有知，保佑女儿一切顺利吧！”

孟姜女离开家乡，踏上漫长的寻夫路。她不知道自己走了多久，只知道脚下的鞋磨烂了一双又一双，脚上的水疱破了又起，起了又破。有一天，她终于看到了山上耸立着的巨龙一般的长城，高大雄伟的城墙下，有数不清的劳工穿着单薄的衣服，在严寒中吃力地抬着石块。❷

她走过去问：“你们见过范杞良吗？”一位老人问她：“是书生范杞良吗？”孟姜女点点头。老人叹了一口气说：“官丁让他干最重的活儿，他累得吐了血，死后被埋到长城下了。”听到这个消息，孟姜女顿时觉得天旋地转，一路上的期盼全都破灭了！她哀号一声，疯了般奔向埋葬丈夫尸骨的长城下，眼泪不停地涌了出来。她哭得撕心裂肺，地动山摇。忽然，只听一声巨响，巍峨的长城竟然被哭塌了几十里，露出下面的累累白骨。❸

孟姜女哭倒长城的事很快就传到秦始皇那里，秦始皇非常愤怒，想治她的罪，后来见她

❶ 点明了孟姜女和范杞良从相遇到结婚的过程。通过写范杞良逃难的原因，揭露了秦始皇修建长城给无数百姓带来了不幸。

❷ 此处写出了孟姜女寻夫之路的艰难。而高大雄伟的城墙与无数穿着单薄的劳工形成鲜明对比，揭露了修建长城的残酷性。

❸ 从听到噩耗，到绝望，到哀号，到狂奔，到哭得撕心裂肺，对孟姜女充满怜悯的描写突出了她失去丈夫的悲伤之情。而哭倒长城这一超现实的想象手法的运用，更凸显了她的悲痛。

美若天仙，说道："如果你同意进宫做我的美人，就免了你哭倒长城的罪。"孟姜女冷冷地说："想让我进宫，你必须厚葬那些死在长城底下的百姓，还要披麻戴孝到海边去哭祭。"

为了得到美人，秦始皇答应了她的要求。厚葬那些死去的劳工后，秦始皇带着大臣们到海边装模作样地哭祭。孟姜女痛斥秦始皇说："你这个暴君，害死了我的丈夫，还想得到我，真是做梦！"说完便纵身跳进大海，被裹进汹涌的波涛中，转眼就不见了踪影。

日积月累

不计其数　相敬如宾　恼羞成怒

延伸思考

1. 你觉得孟姜女是个怎样的女子？

2. 这个故事给你留下最深刻的印象是什么？

望帝化鹃

名师导读

每年清明和谷雨时节，总有杜鹃鸟在田野和村庄里飞翔、鸣叫，提醒人们该忙农活了。关于杜鹃鸟的传说，与一个深得百姓爱戴的开明君主有关。

传说蜀地有一名男子，名叫杜宇，他是从天上掉下来的。还有一个女子，名叫利，她是从地井中出来的，她就是杜宇的妻子。

杜宇自立为蜀国的君王，号为望帝。望帝是个开明的君主，在他的统治下，人们安居乐业，生活得幸福美满。蜀国常年闹水灾，望帝把很多心思都花在了治水上。

有一次，望帝外出巡视。在长江边，他和随从发现了一个男人在江面上一沉一浮地向下游漂去，看上去好像已经死了。望帝令随从将他打捞上来，放在江边的草地上。令人奇怪的是，不大一会儿，打捞上来的男人竟然复活了，并且能坐起身来开口说话。这死而复生的男子告诉望帝，他叫鳖灵，是楚国人。

在与鳖灵的交谈中，望帝发现此人语言表达能力极好，思想水平也很高。更为难得的是，此人竟然是个治水专家。看来，鳖灵就是天帝赐给他的最好的助手呀！望帝立即任命这位来历不明的鳖灵为丞相。

不久，蜀国又爆发了大洪水，望帝命鳖灵前去治理洪水。鳖灵疏通水道，想办法拓宽了巫峡，使长江顺利东下，平息了水患。鳖灵因为治水有功，成了全蜀国的大英雄。望帝见他功劳甚大，便宣布自己退位，将王位禅让给了鳖灵。在这之前，鳖灵一直是以正面形象出现的。可是，他一登上王位，立即暴露出丑恶的本性：横征暴敛、鱼肉百姓。望帝心里又气又悔，但无能为力。❶

❶ 望帝把王位让于鳖灵，可见望帝是个开明的君主。相比之下，治水有功的鳖灵在登上王位后却显露了丑恶的本性。

不久，望帝郁郁而死。望帝生前爱护百姓，死后仍然不忘他的人民。他的灵魂化作杜鹃鸟，日夜在林间悲鸣，蜀国的百姓也因杜鹃的悲鸣而越发思念望帝。

此后，每年到了清明和谷雨这样的春耕大忙季节，杜鹃鸟就会飞到田野和村庄，大声地鸣叫，提醒“他”的人民该忙农活了。所以，杜鹃鸟也叫布谷鸟。

日积月累

横征暴敛　鱼肉百姓

延伸思考

1. 望帝开明爱民，表现在哪几个方面？

2. 望帝化为杜鹃鸟后，为什么总徘徊在百姓身边，不舍得离开？

湘妃竹

名师导读

传说湘水有两个神灵，一直守着湘水思念亲人，而附近一片片竹林上的斑斑点点就是她们思念亲人的点点泪痕。关于她们的凄美传说，还得从上古时期天帝虞舜说起。

虞舜在继承了王位后，勤勤恳恳，兢兢业业，一心扑在政事上，为百姓做了很多的事情。

虞舜晚年时，常到各地去巡视，走访了许多平民百姓，了解社情和民意。冬天，他不怕天寒地冻，为百姓解决各种困难；夏天，他顶着烈日酷暑，与百姓一起耕田施肥。不幸的是，他巡视到苍梧这个地方时，终因积劳成疾与世长辞。

虞舜去世的消息一传开，天下一片悲寂，人们都沉浸在失去虞舜的悲痛中。虞舜的两个妻子——娥皇和女英，听到噩耗后，更是伤心得肝胆俱裂，当场便昏厥过去。

为了悼念与她们相敬如宾、相依为命的丈夫，娥皇和女英决定马上乘车搭船，去南方奔丧。一路上，她俩泪水涟涟，眼泪像东海的波涛一样汹涌不止。这伤心的泪水洒在沿途的竹林中，竹林也挂上了她俩斑斑点点的泪痕。后来，人们就称这种竹子为“斑竹”，又叫“湘妃竹”。

当她俩乘船进入湘水时，突然风云变幻、狂风大作，一时间波涛汹涌，她俩的小舟竟被无情的湘水吞没了。可怜两个女子奔丧未成，却含泪丧生，最终做了湘水的神灵。

自此，每当秋风袅袅、皓月当空时，湘水二神就来到湖水浅滩，散步舒心，人们可以远远地看到她俩轻盈的身影。

她们对亲人的思念，是永不休止的。

日积月累

兢兢业业　风云变幻　皓月当空

延伸思考

1. 你对娥皇和女英最深刻的印象是什么？
2. 这个故事中，最感动你的是哪一点？

河伯娶妻

名师导读

战国时期，邺这个地方有给河伯娶妻的恶习。为了避免漳河发水灾，当地百姓每年都出钱张罗，给河伯“娶”一个新媳妇。虽然这一带没有发生过水灾，但是当地的人口越来越少，百姓的生活越来越差。新官上任的邺令西门豹面对这一棘手的难题，是如何去解决的呢？

战国时期，西门豹在邺郡一带担任邺令。他看到这一带荒无人烟，便找来一些老百姓了解情况。

有位老大爷说：“还不都是让河伯娶媳妇给娶穷了？河伯是黄河水神，漳河属于黄河水系，归他管辖，他每年都要娶一个年轻漂亮的姑娘。不然的话，漳河就会发水灾，淹没农田和庄稼。”西门豹问：“这是谁的主意？”老大爷说：“巫婆啊。这里的官绅每年都逼着我们出钱给河伯办喜事，

❶ 通过西门豹和老大爷的对话，指出邺郡一带存在的一个恶习：给河伯娶妻。这是老百姓穷得叮当响的主要原因，也是西门豹面对的棘手问题。

❷ 对话描写，进一步揭示了河伯娶妻给当地百姓带来的恶果，西门豹必须得解决好这个问题才行。

他和巫婆吞了好几百万的钱呢。”❶

西门豹又问：“那新媳妇是谁家的？”老大爷说：“谁家的闺女长得漂亮，巫婆就带人去谁家抢。到了娶亲那天，新媳妇坐在苇席上漂进漳河，过不了多久就沉到水底。有闺女的人家谁还敢住在这里？人们都跑到外地去了。这里的人越来越少，也变得越来越穷。”❷

“河伯娶了新媳妇，是不是就不发大水了？”西门豹接着问。老大爷说：“没有发过。倒是夏天雨水少，年年闹旱灾。”西门豹笑了：“这样说来，河伯还真灵啊。下一回他娶媳妇，请告诉我一声，我也去凑凑热闹。”

到了河伯娶妻这一天，漳河岸边站满了百姓，官绅、老巫婆和一群女弟子早早就来到了现场。他们看到西门豹带着卫士走了过来，赶紧上去迎接。西门豹说：“今年的新媳妇呢？带来让我看看。"那姑娘被带到西门豹跟前，一双眼睛早已哭成了红桃子。西门豹连连摆手："不行不行，这姑娘不好看，麻烦巫婆去跟河伯说一声，另外再挑一个。"说完，他便叫卫士抱起巫婆，"扑通"一声扔进了漳河。

人们惊得目瞪口呆，尤其是那些官绅和女徒弟，不知道新上任的邺令葫芦里卖的什么药。等了一会儿，西门豹又说："巫婆怎么还不回来？让她徒弟催一催。"于是，卫士抱起一个女徒弟，又"扑通"一声把她扔到了漳河中。官绅们吓坏了，个个缩头缩脑不敢上前。等了片刻，西门豹对官绅说："看来她们办不了这事儿，那就麻烦你去给河伯说说吧。"

卫士一拥上前，官绅两腿发软，站都站不住了，一个劲儿磕头求饶，旁边的官绅们也纷纷跪地跟着求情。西门豹说："好吧，也可能是河伯把她们留下了，你们明年还会给河伯献上新媳妇吗？”官绅们慌忙说不敢，岸边的老百姓看到西门豹惩罚有方，纷纷拍起了巴掌。

接下来的几年里，西门豹发动老百姓凿出十二条大渠，把漳河水引入农田灌溉庄稼。农民年年大获丰收，邺郡一带渐渐变得富饶起来。

日积月累

荒无人烟　目瞪口呆

延伸思考

1. 河伯娶妻给当地带来很多恶果，总结一下有哪些。
2. 西门豹是如何打破“河伯娶妻”这个恶习的？

十二生肖

名师导读

关于十二生肖的传说，以及属相的先后排位，民间流传这与黄帝颁布天干地支纪年法相关。传说黄帝为天下百姓选生肖时，本来排位第一的是勤劳老实又有力气的牛。不料，最后这第一的排位却被老鼠给夺走了。小小的一只老鼠，为什么成了十二生肖之首呢？

黄帝颁布天干地支纪年法后，觉得它有些复杂，不适合在民间流传。有人提议说：“不如选出十二种动物与地支相配来纪年，这样就会容易很多。”黄帝认为这个主意不错，就派仓颉发布通知：正月初一那天，天下所有的动物到黄帝的宫殿前集合，候选十二生肖。

动物们得到通知后非常兴奋，终于可以跟人类打交道啦，所以它们争先恐后地打扮自己，准备候选。牛知道自己走得慢，在腊月三十晚上就离家上路，第一个到达候选地。老虎以为没人敢跟自己争，肯定能排第一，没想到牛排在了自己的前面。老虎狠狠地盯着牛，还好这是在黄帝的宫殿前，它不敢把牛怎么样。

第三个到达的是兔，第四个是龙，接着是蛇、马、羊、猴、

❶ 语言描写，把不知天高地厚、爱动歪脑筋的小老鼠描述得生动形象。

❷ 老鼠耍了下心眼就达到了目的，此处从侧面反映了牛的老实本分。

鸡、狗、猪、鼠，其余的动物都排在了它们的后面。候选大会上好热闹啊，所有的动物都来了：天上飞的，水里游的，地上跑的，树上栖的……黄帝看得眼花缭乱，非常高兴。

最后，黄帝公布说："大家都知道我喜欢勤劳的人，所以入选的是最先到达现场的十二种动物。牛虽然笨拙，但是它身体健壮，忠厚踏实，而且来得最早，应该排在第一位。老鼠是入选名单里最后到达的一位，而且体型最小，应该排在最后。"

老鼠一听，有些生气。它脑筋一转，

对黄帝说："谁说牛比我大？要是跟牛比大小，那肯定是我大！你要是不信，可以让天下的百姓来鉴定！"❶

黄帝呵斥它说："你真是个不知天高地厚的老鼠！不过，既然是为天下百姓选生肖，那就由他们自己拿主意吧！如果有人说你大，我就把你排在第一位！"于是，黄帝让仓颉带着入选的十二种动物，到人间的大街上游行一圈。

牛走在街上，人们有的夸它勤劳，有的夸它有力气，就是没有说牛大的。突然，老鼠一下子蹿到牛背上，人们吓得纷纷惊叫起来："哪里来的这么大的老鼠！"老鼠得意地笑了。❷

黄帝听说后，觉得又好气又好笑，说："既然已经答应了那只小老鼠，就只好如它所愿了！"就这样，黄帝将老鼠排在十二生肖的第一位，配上十二地支就成了我们现在的属相：子鼠、丑牛、寅虎、卯兔、辰龙、巳蛇、午马、未羊、申猴、酉鸡、戌狗、亥猪。

日积月累

眼花缭乱　天高地厚

延伸思考

1. 为什么老鼠最终排在十二生肖的第一位？

2. 回忆一下，十二生肖都有哪些？并依序说出来。

龙女拜观音

名师导读

潮音洞附近有个岩洞，名叫“善财龙女洞”。关于这个名字的起源，民间流传与观音菩萨身边的一对童男童女相关。其中的童女就是龙女，她原本是东海龙王的小女儿。但是，她为什么离开龙宫，拜师观音菩萨？

在观音菩萨身边，有一对童男童女，男的叫善财，女的叫龙女。龙女原是东海龙王的小女儿，长得非常漂亮，而且聪明机灵，因而深得龙王的宠爱。

一天，龙女听说人间每到元宵节的时候都要闹花灯，非常热闹，便向龙王老爹吵着要去看一回。

龙王说：“人间和龙宫不同，那可不是你龙公主去的地方啊！”龙王不依。龙女见软的不行，便想：“你不同意我去，我就不能悄悄地去吗？”❶

到了黄昏时分，龙女偷偷地溜出宫门，顺着潮水上了岸。她摇身一变，变成一个渔家少女的模样，来到了海边的一个镇子。

镇子上正在办灯会，人山人海，十分热闹。龙女长了这么大，还是第一次看到这种场面，非常兴奋。她如痴如醉地站在一座灯山前，看得出了神。

这时，不知什么人从阁楼上泼下半杯冷茶，正好泼在龙女头上。龙女大吃一惊，心中暗暗地叫苦不已——凡是变成了人形的龙，沾不得半滴水，一沾到水，就再也保不住人的模样。

龙女心急如焚，一则怕自己在大街上现出龙形，那样一定会引起人们的恐慌；二则会招来风雨。两种可能带来的后果都将是严重的——人群一旦慌乱，其后果可想而知。❷龙女不顾一切地挤出人群，拼命地向海边跑去。她想迅速地返回龙宫。但是，她刚刚跑到海滩上，就已经支撑不住了，结果一下子变成了一条五尺长的大鱼，躺在海滩上张着嘴，却半点也动弹不了。

这时，从远处走来两个捕鱼的小伙子，他们看到这条躺在沙滩上的大鱼，一下子愣住了。“这是什么鱼啊？怎么会躺在沙滩上呢？”

❶ 龙女不听从龙王的嘱咐，偷偷溜出龙宫，到人间看花灯。通过龙女的心理活动描写，反映出她的任性和对人间充满好奇心。

❷ 通过龙女的心理活动描写，一方面反映出人们与龙宫的关系不融洽；另一方面可见龙女的善良。

两人围着大鱼观看了一阵子，然后扛着可怜的龙女变成的这条大鱼，准备弄到街上去卖。

当晚，观音菩萨正在紫竹林打坐，已将刚才发生的事情看得一清二楚。她动了慈悲之心，对站在身后的善财童子说："你快到那个镇子去，把那条大鱼买下来，然后到海边放生。"善财点头称是。他急忙抓了一把香灰，化作一把碎银，踏着一朵莲花直奔小镇。

这时，大鱼已被扛到了街上，一下子被观灯的人围住了。可是谁也不敢贸然买这么一条大鱼。有个老头儿说："这条鱼太大了，把它切开来零卖吧。"小伙子觉得老头儿说得有理，于是向肉铺借来一把斧头，举起来就要砍下去。❶

突然，一个小孩子叫开了："快看呀！大鱼流眼泪了。"小伙子一听，拿着斧头没敢往下砍。他一看，大鱼果然流着两串晶莹的眼泪，吓得他丢掉斧头就往人群外面钻。这时，跑来一个气喘吁吁的小和尚："不要砍！不要砍！这条鱼我买下了。"众人一看，十分诧异："小和尚怎么买鱼来了？"小和尚赶紧说："我买这条鱼是去放生的！"说着，掏出一把碎银，递给两个小伙子，并让他们将鱼扛到海边。❷

三人来到海边，将大鱼放进海里。那鱼碰到海水，立即打了一个水花，游出老远老远，然后掉转身来，向小和尚点了点头，一下子就不见了。这时小和尚也消失了踪影。

再说东海龙宫里，自从不见了小公主，宫里宫外乱成一团。龙王既担心又生气，派出虾兵蟹将四处寻找。一直闹到天亮，龙女回到水晶宫，大家才松了口气。龙王怒气冲冲地呵斥道："你胆敢冒犯宫里的规矩私自外出！说，到哪里去了？"

龙女一看龙王动了怒，便照实说了，将自己的遭遇讲了一遍。龙王听了顿时脸上黯

❶ 龙女变成了一条五尺长的大鱼，人们从未见过这么大的鱼，他们既好奇又害怕。有个老头儿鼓足勇气提了个建议，小伙子顺势而为借来斧头，就要向大鱼砍去。此处写出了众生相，与上文提到的观音菩萨的态度大相径庭。

❷ 本以为大鱼没命了，笔锋突然一转，跑出来一个小和尚，救下了这条大鱼。

然失色。他怕玉皇大帝知道此事后会怪罪下来，自己就得落个“教女不严”的罪名。他越想越气，一怒之下，竟将女儿逐出水晶宫。

龙女伤心极了，茫茫东海，到哪里去安身呢？她哭哭啼啼地到处徘徊。哭声传到紫竹林，观音菩萨一听就知道是龙女来了，她吩咐善财去接龙女。

善财对龙女说清事情的原委后，二人手拉手走进紫竹林。龙女一见端坐在莲花台上的观音菩萨，俯身便拜。观音菩萨很喜欢龙女，收她为徒。龙女和善财像兄妹一样相互照顾，住在潮音洞附近的一个岩洞里，这个岩洞后来被称为“善财龙女洞”。

日积月累

人山人海　虾兵蟹将　黯然失色

延伸思考

1. 想一想，龙女在人群中现出龙形后，会造成什么样的后果？

2. 龙女化为大鱼后，都遇到了哪些磨难？谁帮助了她？

神荼和郁垒的传说

名师导读

古时候，老百姓迷信鬼怪的说法，而且都很害怕恶鬼，于是民间就流行在门上画门神、贴门神的习俗。后来民间还流行在桃木板上刻门神名字的习俗，以求避邪除恶。他们认为，有了门神就能保平安。关于门神的传说有很多，这里要说的是度朔山上鬼门边的两个神人——神荼和郁垒的传说。

相传在茫茫沧海中，鬼的世界里有一座山，名叫度朔山，在那座山上有一棵盘曲三千里的大桃树，桃树的东北方向有个鬼门，是每天夜游的万鬼出入的地方。

鬼门的两侧分别站着神荼和郁垒两个神人。假如鬼魂在夜晚做了什么大逆不道的事情，神荼、郁垒两位神人就会立刻将那些鬼魂捉住，然后用芒苇做的绳子将它们捆绑起来，喂给老虎吃。因此，所有的鬼魂都害怕神荼、郁垒。

老百姓很害怕恶鬼的出现。为了驱除鬼怪，黄帝让人们用桃木刻成神荼和郁垒的模样，摆放在家门口，并在门上画上神荼和郁垒的神像，以此驱鬼避邪，以求平安。

后来，人们直接在桃木板上刻下神荼和郁垒的名字，他们认为这样的方式同样起到避邪除恶的作用，并将这种桃木板叫作“桃符”。万鬼皆怕桃符。

日积月累

大逆不道

延伸思考

1. 门神神荼和郁垒有哪些形象特征？
2. 除了神荼和郁垒，你还知道哪些门神的名字？

阿里山的传说

名师导读

在很久很久以前，阿里山是一座秃山。有一天，秃山北面山谷中突然来了两位仙女和一位老寿星，天上的玉帝也派来了雷神，轰隆隆地把雷火击向大山……这里究竟发生了什么事？

在中国台湾，有一座名山叫阿里山。阿里山风景秀丽，鸟语花香，绿树成荫。但在从前，阿里山却是寸草不生，光秃秃的，人们都叫它秃山。

秃山北面山谷中住着一个靠打猎为生的小伙子，名叫阿里，他心地善良、为人正直，经常为山里迷路的人做向导。

一天，阿里正在山谷中捕捉一只野兔，突然，听到有人喊救命。他循声望去，只见一只大老虎正扑向两个正在采花的姑娘。勇敢的阿里急中生智，急忙用箭射伤了老虎的两只眼睛。老虎痛得大吼一声，落荒而逃。刚赶走了老虎，这时又从远处飞来一个拄着龙头拐杖的老头儿，他二话不说，硬拉着两个采花姑娘往天上拽。阿里一着急，一把夺过老头儿的拐杖，猛地在老头

❶ 此处的动作描写，刻画出阿里正直、爱打抱不平的人物形象。

❷ 此处是对阿里的语言描写。阿里敢于对天吼，实为一个敢作敢为的年轻人，他的勇敢精神值得夸赞。

儿的前额上一敲。❶ 老头儿没有被击倒，但额头上被敲出了一个大疙瘩，痛得他捂着头，一溜烟飞上天不见了，龙头拐杖掉在了地上。

没一会儿，天空突然雷声大作，两个姑娘慌作一团。阿里摸不着头脑，就问："这究竟是怎么回事？"姑娘说："这下可惹下大祸了。我俩本是天宫的仙女，溜下凡间到这里来游玩，误了回天庭的时辰，又遇见老虎，多亏你救了我们。刚才那个老头儿就是老寿星，他是玉帝派来抓我们回去的。你打了他，玉帝要派雷神用雷火烧死这一带的生灵。不能因为我俩连累这一带的生灵，让我们去把雷火引开吧。"

敢作敢为的阿里拦住她们，自己飞奔上了秃山。他一口气跑到山顶，对着天空高喊："雷神，祸是我惹的，不要伤害无辜！一人做事一人当，把你的雷火朝我身上烧吧！" ❷ 雷神轰隆隆怒吼着，把雷火击到了阿里身上，把阿里击得粉身碎骨。但雷火在秃山上并没有蔓延开来，不一会儿就熄灭了。万物生灵并没有受到很大的伤害。

阿里死后，原来的秃山竟然长满了郁郁葱葱的树，人们都说那是被击碎的阿里变成的。老寿星丢在半山腰的龙头拐杖也变成了一棵参天大树。两位仙女则变成了美丽的花草，来陪伴阿里。从此秃山变成了美丽的山，人们把它改名为阿里山。

日积月累

鸟语花香　急中生智　粉身碎骨

延伸思考

1. 你认为阿里是一个怎样的人？
2. 如果阿里不跑到山顶，雷神可能不会把雷火击向他。你认为他身上最值得我们学习的品质是什么？

年的故事

名师导读

每当过年的时候，尤其是除夕之夜，人们都会放鞭炮，以庆祝年的到来。过年既喜庆又美好。但你一定想不到，在很久很久以前，人们燃放爆竹是为了吓走一头上古神兽——年。那时的人们可不喜欢看到“年”的到来。

传说很久很久以前，有一头叫“年”的怪兽。它的身体有几头大象那么大，说龙不像龙，说麒麟不像麒麟，非常凶恶。每到没有月亮的黑夜，它就跑出来吃人。

人们都非常害怕这个怪兽，终日惶恐不安，东躲西藏。

天上的玉帝知道了，派神农老祖来降伏“年”。神农老祖对着“年”一阵鞭打，然后把它关进了天牢。

可是不久，玉帝又可怜起“年”来，答应每年月亮圆过十二回后，就放它到凡界，给它一个夜晚的时间吃东西。这一晚就是腊月三十之夜。

“年”回到人间后，变得更加凶残，一次能把一个村庄的人畜都吃光。每到腊月三十这一晚，世间所有的人家都彻夜不眠，

人们点上蜡烛，说上一些吉利的话，相互安慰。

有一年，一位八十多岁的老人对大家说："大家与其等着被'年'吃掉，还不如团结起来跟它斗呢！"于是腊月三十之夜，人们便聚集在一起，点燃了一捆捆的爆竹。

冲天的火光和噼里啪啦的爆裂声，把"年"吓得抱起脑袋，逃回了天上。

天亮了，人们纷纷走出家门，寻亲访友，连声道贺："恭喜！恭喜！"庆贺没有被"年"吞掉。

日积月累

惶恐不安　东躲西藏

延伸思考

1. 想象一下故事中怪兽"年"的形象，并用自己的语言描述出来。
2. 除了燃放鞭炮、寻亲访友、互相道贺，过年还有哪些习俗？

九色鹿

名师导读

在很久很久以前，流传着一个美丽的传说：有一头美丽善良的九色鹿，它会哼唱好听的曲子，会飞翔，全身还散发着奇异的光芒。它经常帮助那些迷路的人们，后来却遭到了人的背叛和出卖……

很久以前，有一队来中国的外国使臣在沙漠里迷了路，走来走去也没有走出沙漠。他们觉得又热又渴，头昏脑涨，四肢无力。忽然，空中飞来一只美丽的九色鹿，轻飘飘地落在他们面前，转了几个圈，然后仰起头，哼唱起好听的曲子。

一望无际的沙丘随着九色鹿的歌声慢慢铺平，一条宽敞的大路出现在使臣眼前。他们在九色鹿的帮助下，顺利走出沙漠，来到京城。皇帝和皇后听他们讲述了在沙漠中的奇遇，对九色鹿非常好奇。皇后心想："要是能用九色鹿的皮做衣服，那该有多漂亮啊！"于是，她缠着皇帝张贴了告示：能猎到九色鹿者必有重赏。

有个老头儿揭下告示，带领几百个士兵浩浩荡荡地进入森林。原来，几天前，老头儿去森林里采药，不小心掉进深水潭，是九

❶ 此前是不小心掉进深水潭，如今却自己跳进深水潭，老头儿为了抓捕救过他一命的九色鹿，完全不顾自己的行径是多么的丑陋。

❷ 这一反问句表现了九色鹿难过的心情和善良的心地，而老头儿在九色鹿的质问下，无地自容。

色鹿救了他。他们找了整整一天，也没有发现九色鹿的影子。老头儿急了，“扑通”一下跳进深水潭，大声喊道：“救命啊！救命啊！”❶

好心的九色鹿听到呼救声飞奔而来，士兵们赶紧拉开弓，朝它射去。令人惊奇的是，九色鹿被一圈奇异的光芒笼罩着，射出的箭只飞到一半就纷纷落地。

九色鹿难过地问老头儿：“你答应过不会告诉任何人见过我，为什么不遵守诺言？”❷说完，九色鹿朝天空飞去，很快就不见了，只剩下目瞪口呆的士兵和在深水潭里挣扎的老头儿。

日积月累

头昏脑涨　浩浩荡荡

延伸思考

1. 你觉得九色鹿美吗？美在哪里？

2. 老头儿最后什么也没捞着，你觉得他做错了什么？

彭祖的故事

名师导读

凡人生老病死是常态，但传说有一个人从尧帝时期一直活到商朝，活了八百多年。他的众多妻子和儿子都到冥王那儿报到了，他还没有衰老的迹象。你想知道他的长寿秘诀吗？

古时候有一个叫彭祖的人，传说他活了八百多年。

在彭祖还没有出生时，他的父亲就去世了。在他三岁那年，母亲也去世了。他在贫穷与风餐露宿中长大，每天都沿街乞讨，过着流浪的生活。就这样，他长到了成年。❶

一天，彭祖来到一片茂密的森林里，

看见了一只五彩的野鸡，鸡毛绚丽多彩，在阳光的照耀下闪闪发光。彭祖从来没有见过这么美丽的野鸡，便将它捉住，做了一份野鸡汤。本来想自己享用的，但思来想去，最后还是献给了天帝。

❶ 此处交代了彭祖的成长经历，可见他是一个在贫穷和流浪中长大的普通人。

天帝非常高兴，他从未喝过如此鲜美的野鸡汤，就对彭祖说："你为我做了这么美味的鸡汤，我总该赏你点什么。你回去数一数那野鸡的羽毛。有多少根彩色的羽毛，我就让你活到多少岁。"彭祖回去后，仔仔细细地数了数野鸡身上的毛，一共有八百根。他既高兴又懊悔，高兴的是自己能活八百岁，远远超过常人；懊悔的是，他在清洗野鸡时顺手拔了一些鸡毛扔到河里去了，否则他还可以活得更长久。

彭祖活了很久很久，到殷朝末年，他已经活了七百六十七岁，但看起来还很健康，脸色红润，头发乌黑，一点儿也没有衰老的迹象。在这期间，他一共娶了四十九个妻子，生了五十四个儿子，他们都陆陆续续地去阴间冥王那里报到了。冥王特别惊奇，花名册的记录上已经有一百零三个人自称是彭祖的妻子或儿子了，怎么连彭祖这个人都没见着。他查了查仙籍，彭祖不在神仙之列，这让他百思不得其解，于是决定上天去问问天帝。

天帝笑着说："此人的长寿是靠一碗鸡汤得来的，他本人并没有成仙的福分，八百岁时会去你那儿报到的。"

彭祖虽然也经常为钱财之事而忧心，但他在人世间最为苦恼的事是总有人问他长寿的秘诀，没有一人不想追根究底。殷王也曾派人向他询问长生的秘诀。

彭祖说："这些年我也很是烦恼，精神上受到了很大的影响，身上的血快要枯竭了，气力也大不如前了，恐怕快要离开人世了。我所知道的养生之道，实在浅薄，没有什么可以给殷王讲的啊！"

而后，彭祖怕殷王追查不休，便悄悄地逃到了深山老林里。又过了几十年，彭祖去世了。临死前，他还在念叨那些扔到水里的野鸡毛，哀叹自己活得太短了。

日积月累

风餐露宿　绚丽多彩　百思不得其解

延伸思考

1. 彭祖长寿的原因是什么？

2. 如果你能活到八百多岁，你最想做的事情是什么？

吴刚伐桂

名师导读

传说月宫上有一棵生命力强大的桂花树，它把月亮的光辉都挡住了。最神奇的是，无论怎样砍伐它，它都会自己愈合，怎么都砍不倒。关于这棵桂花树，还得说说一个叫吴刚的人。

相传，月宫门前有一棵桂花树，这棵树生长了几亿万年。它高高大大，枝繁叶茂，一年四季郁郁葱葱，满树都是桂花，而且从来都不凋谢。它强大的生命力，使之硕大无比，月亮的光辉都快被它挡住了。这引起了玉皇大帝的担忧，可他一时又无法解决这个难题。

恰好，这时从人间来了一位叫吴刚的西河人。吴刚人高马大，长得粗壮有力，浑身有使不完的力气。他从小受人指点，精通武艺，臂力过人。为了寻求长生不老之术，他上天来求仙。

玉皇大帝见他身强力壮，天资很好，是个可塑之材，便让他留在天庭修炼。但这个吴刚生性耿直，喜欢仗义执言，爱打

❶ 此处是对吴刚性格特征的描写。这为下文他遭到玉帝严厉的惩罚埋下了伏笔。

❷ 通过对吴刚砍伐桂树的动作描写，以及对桂树随砍随合的强大生命力的描述，可见吴刚遭受的惩罚有多严厉。

抱不平，再加上他在人间闯荡流浪，自由惯了，受不了天庭那么多约束，所以，他经常受到玉皇大帝的惩罚。❶可是吴刚全都将此置之脑后，照样我行我素。

有一次，吴刚又违犯了天条，玉皇大帝正好发愁找不着砍桂树的人，便命天兵天将，将吴刚五花大绑，押到月宫去砍伐桂树。

吴刚在天神们的监视下，只得抡起大斧，使劲地砍树。一斧子下去，粗大的枝干，纷纷坠地。一天下来，一棵参天大树被他砍去了不少。

吴刚砍树砍得累极了，便在树下闭上眼，打了一个盹。等他醒来睁眼一看，高大的桂树依然如故。他慌忙爬起来，抡起大斧，又用力地砍了下去。可是每朝桂树砍一次，桂树上被砍出的那道口子就立即自动愈合，怎么也砍不倒。❷

吴刚就这样，永远在那冷清的月宫里不停地砍着，砍着……

日积月累

仗义执言　我行我素　五花大绑

延伸思考

1. 说说吴刚的性格特征。

2. 读了这个故事，你印象最深刻的是什么？

桓景智斗瘟魔

名师导读

每逢农历九月初九这天，人们都会登高祈福，传说这个风俗是从东汉时流传开来的。那时，汝河两岸常有瘟魔出没，祸害人间，无数人因此丧失生命。有一个叫桓景的小伙子，决定为民除害。

东汉时，汝南县有一个叫桓景的小伙子，他的父母双全，与妻儿的生活幸福美满。谁知，一场来势汹汹的瘟疫席卷汝河两岸，一时间尸横遍野，惨不忍睹。桓景的父母也因此病故了。

桓景听人说，汝河里住着一个瘟魔，每年都会出来祸害人间。它走到哪里，就把瘟疫带到哪里。桓景决心访师求道学本领，战胜瘟魔，为民除害。听说东南山中住着一个名叫费长房的大仙，他就收拾行装，进山拜师学艺。

费长房给桓景一把降妖青龙剑。桓景早起晚睡，披星戴月，不分昼夜地练习剑术。转眼又是一年，那天桓景正在练剑，费长房走到他跟前说："今年农历九月初九，汝河瘟魔又要出来。你赶紧回乡为民除害。我给你一包茱萸叶子和一瓶菊花酒，记

❶ 桓景起早贪黑，精练剑术，学了一身本事，再加上大仙费长房交给他的茱萸叶子和菊花酒，增强了他战胜瘟魔的信心。

❷ 此处描写烘托了瘟魔出没时紧张的氛围。面对可怕的瘟魔，桓景早有准备。他先用酒熏晕瘟魔，再拔剑斗它个束手无策，把瘟魔刺倒在地。桓景武艺精湛、有勇有谋，最终除掉了瘟魔。

得要带着家乡父老登高避祸。”❶

桓景回到家乡，召集乡亲，把大仙的话转告大伙儿。九月初九那天，他带领妻儿和父老乡亲，登上了附近的一座山。他把茱萸叶子给每人分了一片，说这样随身带上，瘟魔不敢近身；又把菊花酒倒了出来，让大家每人喝一口，说喝了菊花酒，不染瘟疫。将乡亲们安排妥当之后，桓景就带着他的青龙剑返回家中，独坐屋内，等着瘟魔来时交战降妖。

不大一会儿，只听汝河怒吼，怪风旋起。瘟魔出水走上岸来，穿过村庄，走家串户也不见一个人，忽然抬头见人们都聚在高高的山顶上。它来到山下，只觉得酒气刺鼻，茱萸冲肺，不敢近前登山，就又回身向村里走去。这时，只见一个人正在屋中端坐，它就大吼一声向前扑去。桓景一见瘟魔扑来，急忙舞剑迎战。斗了几个回合，瘟魔战不过他，拔腿就跑。桓景“嗖”的一声抛出青龙剑，只见寒光一闪，瘟魔躲闪不及，被宝剑刺倒在地。❷

此后，汝河两岸的百姓再也不受瘟魔的侵害了。而桓景剑刺瘟魔的故事，以及农历九月初九登高祈福的风俗就此流传开来。

日积月累

惨不忍睹　披星戴月

延伸思考

1. 你认为桓景是个怎样的人？
2. 你觉得这个故事最精彩的地方在哪儿？

麻姑献寿

名师导读

麻姑是中国民间的长寿之神。古时常以麻姑喻高寿，寄寓了人们追求长寿、希望永生的愿望，并流传有“麻姑献寿”的传说故事。相传，她善良又聪明，给贫苦的老人送去桃子，让他们远离疾苦……

麻姑是一位象征吉祥与长寿的神仙。她的形象源于南北朝时期中国北方的一位姓麻的少数民族姑娘。

麻姑的父亲叫麻秋，早年在集镇上以替人养马为生。麻姑的母亲在一场战乱中被官兵抢去，从此再也没有回来。麻秋失去了妻子，从此性情就变坏了。❶麻姑长期与汉人做邻居，从小就向汉人学了一手好针线活。等到年龄稍大一点，她就常为有钱人家做针线活，挣点小钱补贴家用。

一次，麻姑做针线活得到了一个桃子。在她回家的路上，路边正围着一群人。麻姑就好奇地走了过去，看到一位身着黄衣衫的老婆婆躺在地上，奄奄一息。旁边有人说：“老婆婆是饿的，如果吃点东西，也许会好的。”可是，没有一个人拿出东西给老婆婆吃。那时兵荒马乱，田地都荒芜了，粮食很珍贵，谁愿意将自己的粮食送给一位素不相识的人呢？麻姑看不过去，就拿出那个桃子，蹲下身，扶起老婆婆，喂她桃子。桃子又甜又大，老婆婆吃后很快就缓过劲来了。老婆婆开口说：“孩子，谢谢你，你能不能再给我点粥喝？”“好吧，我这就回去给您煮粥去。”麻姑马上回家生火煮粥，并把街上遇到的情况告诉了父亲。

父亲麻秋恶狠狠地说：“像她这种人，饿死算了！你给她吃桃子，已经是她很大的福分了。我们家的粮食本来就不够，你竟自作主张给她煮粥，实在是太不像话了！”父亲不让麻姑给老婆婆送粥，还把她关进了后屋不许她出门。❷

半夜里，麻姑仍惦念着街上那位穿黄衫的老婆婆。她听到前屋的父亲已呼呼入睡，就撬开房门，从锅里舀了一碗粥，快步地来到街上。但街上除了狗吠声，哪儿还有老婆婆的踪影。麻姑很焦急，到处寻找老婆婆。月光下，只见原来老婆婆坐过的地方，只剩下一颗桃核，麻姑将它拾起来放在了口袋中。这时父亲麻秋醒来了，发现女儿不在家中，便到街上找

❶ 此处点明了麻秋的性格特征：性情很坏。这一点贯穿了整个故事的始终。

❷ 通过对麻秋的语言描写和动作描写，刻画了一个狠心的父亲的形象。这与麻姑的言行举止形成了强烈的对比，突出了麻姑的善良。

到麻姑。找到麻姑后，他就气急败坏地将她拖回家中，狠狠地打了她一顿。

第二天晚上，麻姑刚睡下，就看见穿黄衫的老婆婆朝自己笑盈盈地走来了。老婆婆抚着麻姑的头说："孩子，谢谢你！亏你有一片善心。那桃子果然是个好东西，我吃了它就可以延年益寿了，你放心吧。"说完就飘然而去。

早上起床后，麻姑就把桃核种在了自家的院子里。一年后，这桃核就长成了一棵大桃树。奇怪的是，这棵桃树在正月里就开花，三月里就结出又大又红的桃子，许多人都来看热闹。三月正是青黄不接的时节，麻姑就用桃子接济附近那些饥寒交迫的老人。更奇怪的是，吃了麻姑送的桃子，那些老人不仅几天不吃饭都不觉得饿，而且原来身体上的小毛病也都没有了。集镇上的老人见麻姑这样善良能干，都说她是天仙下凡。❶

后来，麻姑的父亲从了军，因为作战勇猛，几年后被封为将军。麻姑虽然成了将军的女儿，但还和往常一样，与邻里友好相处，一点也没变。父亲麻秋很不满意女儿还和这些穷

❶ 此处写出了麻姑的善良能干，并以"桃子"寓意长寿。想象奇幻。

❷ 麻姑学鸡打鸣，只为了让干活的苦工们提前收工回家，可见她善良、聪明。学鸡打鸣的场景描写很有趣，富有感情色彩，苦工们兴奋的样子跃然纸上。

人来往，觉得丢了自己大将军的面子。他命令手下把桃树砍了，还烧了原来住的房子，硬逼着麻姑住进了将军府。

一天，麻姑感到烦闷，就由丫鬟陪着，到府外散心。她看见集镇周围在大兴土木，许多苦工在辛苦地劳动，就问丫鬟是怎么回事。丫鬟回答说："这是老爷抓来的俘虏和拉来的苦工，老爷要筑城与外族人打仗。小姐你看，老爷在那儿监工呢！"顺着丫鬟指的方向，麻姑看见父亲正在用鞭子抽打着从他面前走过的苦工，嘴里不停地喊："快！快！"麻姑实在看不下去，走上前去劝说："爹爹，你让他们也喘口气吧，他们又不是牲口！"麻秋两眼一瞪，说："去，去！女孩儿家懂什么！"

麻姑看见苦工伤病很多，非常同情他们，常常瞒着父亲从将军府拿些药来给他们医治，有时还为他们缝补衣物。得知苦工们为筑城赶工，要一直做到鸡打鸣才能休息，麻姑曾多次要求父亲多给他们一点休息时间，结果却遭到父亲的严厉呵斥。麻姑明白求父亲是没有用的，她决定另想办法。

一天夜里，四更天时，麻姑悄悄地来到鸡窝旁，轻轻地学起公鸡叫："喔，喔，喔——"鸡窝里的公鸡也昂着头，跟着叫起来。集镇上的其他雄鸡听见了，都跟着"喔，喔，喔——"地鸣叫起来。还在干活的苦工们听见鸡叫，知道可以提前收工回家了，他们兴奋地大喊起来："收工啦！"❷一连几天都是这样。他们并不知道公鸡提早打鸣是麻姑帮的忙。

开始时，麻秋并没留意。后来，他觉得有什么地方不大对头。于是派人暗中监视，终于发现是麻姑所为。麻秋很恼火，决定要好好地惩罚女儿——他叫人把麻姑锁进了闺房里。

麻姑被锁在闺房里，想逃出去，但一点办法也没有。这时，一扇窗户打开了，麻姑一看，竟是那位穿黄衫的老婆婆。老婆婆说：“孩子，我们又见面了。你和你父亲的缘分已尽，还是跟我走吧。”原来，这位穿黄衫的老婆婆是位神仙，上次她吃的麻姑的桃子，原本只是一个普通的桃子，留下的却是仙桃核，目的是让麻姑去接济贫困老人。她觉得麻姑是位善良的姑娘，所以这次来解救她，并带她去修道成仙。

从此，麻秋再也没见到过自己的女儿。不过，麻姑跟随神仙老婆婆修道成仙后，每年三月，都要送桃子给贫苦的老人吃，不少人还遇见过她呢。

日积月累

兵荒马乱　素不相识　青黄不接

延伸思考

1. 麻姑很善良，请举几个例子说明。
2. 人们为什么说麻姑是“天仙下凡”？

赶山鞭和隐阳山

名师导读

传说有座隐阳山，高得耸入云彩里，把太阳的光芒都遮住了。它的北面常年冰天雪地，南面却热得连五谷都无法生长，还常有毒蛇猛兽出没，老百姓恨死它了。偏偏老子在宣讲他的主张时，总是从山脚下路过……

传说老子五十多岁的时候，常在苦县宣传自己的主张。苦县离他的家乡曲仁里只有十来里路，他每次从苦县回家，都要从隐阳山下路过。

这座山原来没有名字，因为它很高，山尖子插到云彩眼儿里，把太阳隐着了，所以人们就给它起名叫“隐阳山”。❶

这隐阳山的北面因为不见太阳，常年冰天雪地，北风呼啸。从这里经过时，人们身穿皮棉裤皮棉袄还冻得上牙跟下牙直打架，因此有不少人冻倒在这里；山坡上的树林里常有凶猛的野兽出来伤人。山的南面，太阳晒得火辣辣的，热得五谷不长，让走路人喘不过气来，弄不好就有被热死在这里的危险；山坡上的草丛里常有毒蛇出来咬人。老百姓恨死这座山了。❷

老子每次从这里走过时，总要对大山嘟哝一阵："隐阳山哪隐阳山，你给人造的罪太大了，我恨不得一鞭把你打下去！"后来老子离开家乡，到秦国讲学去了。说也奇怪，他刚一走，苦县他曾讲学的地方突然塌陷了下去，原来那片青青的草地变成了水清见底的绿湖，湖里长出磨盘一样大的藕叶和彩色的荷花，湖当中还留有一片长着松柏的干地。

传说老子到秦国讲学一个多月后，他的青牛驮着他飞过了函谷关，使他变成了仙体。

有天夜里，他的青牛的两眼闪着金光，突然对老子说起话来："你到这儿已经一个多月了，也不提回家的事，别忘了家乡的百姓正在遭受着隐阳山带来的痛苦呀！"

老子说："牛呀，我的老伙伴呀，你说我该怎么办呢？"

青牛说："今天夜里，你该回去看看啦。"

"好，"老子立马跳上牛背，说，"那就劳累你跑一趟啦。"

青牛"哞"的一声，脚下生起一朵祥云，驮起老子，飘到半空，一抹头朝东，尾巴一

❶ 此处交待了隐阳山名字的由来。

❷ 要么冷死，要么热死，此处运用对比手法，写出了隐阳山给当地老百姓带来的痛苦。

拧，一溜火星子往苦县方向飞去了。

老子回到家乡后，花了七七四十九天，烧炼出一条闪闪发光的铁鞭。他举起神鞭向隐阳山狠狠地抽了三下，只见道道金光耀眼夺目，随着“轰隆隆”的响声，飞沙走石，隐阳山拔地而起，随风飞走了。那里的百姓从此不再遭受隐阳山的折磨了。❶

❶ 通过光影和声音的渲染，描述了老子修炼神鞭并把隐阳山抽走的神奇过程。这与上文遥相呼应，点出老子终于实现了抽走隐阳山的心愿。

日积月累

冰天雪地　飞沙走石　拔地而起

延伸思考

1. 你对隐阳山的印象是怎样的？

2. 你对老子的印象是怎样的？

月下老人

名师导读

在中国民间传说中，月下老人是主管婚姻的媒神。他以红绳相系，就能确定男女的姻缘。书生韦固在遇见月下老人时，月下老人说他姻缘已定，他未来的妻子就是屋后陈婆婆家的外孙女，韦固不信。十四年后，他娶了刺史的女儿……

很久以前，杭州有一个名叫韦固的书生。有一天，他很晚才回家，在路上遇到一位长有白胡子、白眉毛的老人。这位老人坐在月光下翻着书卷，旁边还放着一个装满红绳子的布袋。❶

韦固很好奇，这是谁家的老人，这么晚还在外面看书。他毕恭毕敬地走上前，给老人施礼，问："老人家，您看的是什么书？为何还不回家歇息呢？"老人笑呵呵地回答："我看的是天下人的婚姻书。"

"哦？"韦固觉得很稀奇，笑着问："那您说说我何时能结婚，妻子是谁？"老人哈哈大笑，回答说："你的妻子今年才三岁，就是你家屋后陈婆婆的外孙女，等她十七岁时就会嫁给你。"

韦固一听觉得很荒诞，那位卖豆腐的陈婆婆刚搬来不久，带着一个又脏又丑的外孙女，女孩儿眉心倒是有一颗漂亮的梅花痣。韦固又问："您布袋里的红绳有何用途？"老人回答说："红绳是用来拴住夫妻的。如果两个人有缘分，即使分隔天涯海角，也会被红绳牵着走到一起，结为夫妻。"❷

❶ 此处描写富有画面感，运用浪漫的笔法，描绘了月下老人在月光下翻看书卷的情景。

❷ 此处通过书生和月下老人的一问一答，逐步说明了月下老人的来历——主管婚姻的媒神。

韦固只当自己听了一个笑话，可每次路过陈婆婆家时，都会忍不住偷瞧那女孩儿一眼。韦固越看越觉得她丑，后来索性搬到远处去住了。

十四年后，韦固参了军，因为作战勇猛，很受刺史的赏识，被他招作了女婿。洞房花烛之夜，韦固掀开新娘的红盖头，才知道他的妻子十七岁，正是当年那位陈婆婆的外孙女。

后来，人们就把媒人称为“月老”。

日积月累

毕恭毕敬　天涯海角

延伸思考

1. 韦固为什么要搬家？
2. 以月下老人的说法，你觉得浪漫吗？为什么？

钟馗捉鬼

名师导读

钟馗是中国民间传说中打鬼驱邪、赐福镇宅的神。过年时，人们张贴钟馗画像以保平安。唐玄宗时，钟馗捉鬼的故事在民间广为流传，人们借故事暗讽了古时科举制度的弊端。

据说，唐玄宗在骊山巡视士兵操练之后，回到宫中就觉得身体疲倦，生起病来。他躺在床上昏昏睡去，做起梦来。

他梦见一个小鬼，一只脚光着，另一只脚穿着鞋，腰上吊着另一只鞋，还别着一把竹扇子，下身穿了一条红布兜裤。小鬼偷走了杨贵妃珍爱的香袋和唐玄宗珍贵的玉笛，在寝宫内奔跑嬉闹，拍拍唐玄宗的头，捏捏唐玄宗的鼻子，故意戏耍唐玄宗。

唐玄宗恼羞成怒，大声斥骂，问他到底是什么人。小鬼笑着说："我叫虚耗，'虚'就是偷盗人家的财物如同儿戏；'耗'就是使人减喜添忧，把好事变成坏事。"

唐玄宗怒不可遏，刚想命武士前来捉拿，忽然看见一巨鬼闯进来，他头顶官帽，身穿红袍，腰系玉带，足蹬朝靴，不费吹灰之力，一把抓住小鬼，先挖出他的双眼，然后把他的身子折成两段，从头部开始，咔嚓咔嚓整个儿将那小鬼吃进了肚里。

唐玄宗大惊失色，忙问："你是何人？"

那巨鬼向唐玄宗作了个揖，说道："我是钟南县的考生钟馗，因为在武德年间参加殿试落第，无颜回去见家乡父老，就撞死在殿前的石阶上。高祖听说后，赐予我红袍并厚葬了我。臣铭刻在心，因此帮助圣上除去虚耗这个妖孽。"

钟馗说完，唐玄宗便醒了，病也不知不觉地好了。唐玄宗非常高兴，赶忙叫来画家吴道子，命其作画。吴道子画的钟馗与唐玄宗梦中所见丝毫不差。唐玄宗大喜，随即下旨公告天下：钟馗力大无比，能驱魔鬼，镇妖气，全国百姓除夕之夜务必张贴钟馗画像。

日积月累

怒不可遏　大惊失色

延伸思考

1. 钟馗为什么捉小鬼？小鬼可恶在哪儿？
2. 你觉得捉鬼的钟馗厉害吗？为什么？

八仙过海

名师导读

八仙过海是中国民间流传最广的神话传说之一。相传，八仙个个都怀有宝物，他们渡东海时的那一壮观景象深入人心，而他们与龙王大战东海的故事也很生动。

有一天，在终南山修炼的八仙决定到蓬莱仙岛去散心。他们腾云驾雾，转眼间就到了目的地。只见仙岛风景秀丽，晴天碧海相映，看得他们心旷神怡。这时，铁拐李发现远处海天相接的地方有个海岛，就提议去那儿游玩。吕洞宾说："我们都不要腾云驾雾，而是要各显神通从水上过去，正好展现一下大家的本事。"

张果老有一头不吃草不喝水的驴，只要轻轻拍下驴头，驴立即变成一张纸，吹口仙气，纸又变成驴，特别神奇。他把纸驴向海里一扔，吹口仙气，倒骑着它向海岛飘去。铁拐李的宝贝是根铁拐，据说是一根竹子喷上仙水变成的。他把铁拐扔到海里，铁拐瞬间变成一只小船，铁拐李坐在船中，悠然自得地向海岛漂去。汉钟离掏出芭蕉扇向海里一抛，扇子立刻变得像

竹筏一样大，他躺在上面漂向海岛，得意极了。韩湘子的宝贝是一只花篮，这只花篮在海里四平八稳，站在上面比坐船还舒服。❶

其他几位大仙也不甘落后，纷纷取出宝贝，向海岛漂去。

八仙的那些宝贝发出耀眼的光芒，将水底的龙宫照射得金碧辉煌。龙王的三太子相中了落在最后的蓝采和的玉板，越看越想要。于是，他命令虾兵蟹将，趁着蓝采和不留神的时候，暗中将他抓到了龙宫。❷

大家到了海岛后，发现蓝采和不见了，遍寻不得，便知一定是被东海龙王扣下了，就去找龙王要人。龙王正兴致勃勃地与三太子欣赏蓝采和的宝贝，根本没把他们放在眼里。三太子蛮不讲理地说："人不见了来龙宫要人，这龙宫是你们这等小仙来的地方吗？还不快点儿滚出去！"❸他一边骂，一边命令虾兵蟹将把他们赶出去。

吕洞宾大怒，拔出双剑呵斥道："我们好端端地从海面上经过，人不见了，当然就是你们龙宫捣的鬼！"三太子恼羞成怒，冲上去与

❶通过介绍八仙中的张果老、铁拐李、汉钟离、韩湘子的宝物，写出了"八仙过海，各显神通"的神奇。

❷龙王三太子见了宝物起了贪念，他把蓝采和抓到了龙宫。此处可见龙王三太子作恶多端的形象。

❸此处运用语言描写，可见龙王三太子蛮不讲理、专横霸道。这是下文八仙为何与龙王三太子和龙王大战的原因。

吕洞宾大战起来。可是，他根本不是吕洞宾的对手，几个回合就败下阵来。

何仙姑把笊篱抛向空中，罩住三太子，问龙王："你们到底放不放蓝采和？"龙王哼了一声，说："你们扰乱我的海域，还来龙宫撒野，我要向玉帝告状，凭什么放人？"见龙王蛮不讲理，七位神仙大怒，他们合力把那些虾兵蟹将杀得片甲不留，救出蓝采和，击退了龙王，离开了东海。

日积月累

心旷神怡　悠然自得　金碧辉煌

延伸思考

1. 八仙惩恶扬善依赖各自的宝物，你最喜欢哪个宝物？为什么？
2. 你对八仙中的哪个神仙印象最深刻？为什么？

宝莲灯

名师导读

传说，三圣母娘娘因与书生刘彦昌偷偷结婚，惹怒了二郎神，被压在华山脚下。十多年以后，三圣母的孩子沉香为了救母，上刀山下火海，取得神斧，劈开华山，救出了三圣母。这是一个感人的救母的故事。

华山的莲花峰上有一座圣庙，庙里供奉着三圣母娘娘。她有一盏神灯叫宝莲灯，常常用来指引在山林里迷路的人。

有位进京赶考的书生叫刘彦昌，经过华山圣庙时，被三圣母的美丽雕像迷住了，就提起笔在墙上写下一首情意绵绵的短诗。三圣母晚上回到庙里，看到了墙上的情诗，便默默地爱上了此刻正睡在地上的那个年轻人。

次日一早，刘彦昌继续赶路，可是没走出多远，树林里竟然跳出一只凶猛的大老虎！幸亏在这个时候，三圣母提着宝莲灯及时赶到，才把他从虎口中救了出来。

这桩意外成全了两个情投意合的人，他们很快就结成了夫妻。只是，眼看考试的日子一天天临近，刘彦昌不得不进京赶考。此时，三圣母已经有了身孕。刘彦昌在临行前把一枚祖传的沉香留给了三圣母，并且对她说："咱们的孩子就起名叫沉香吧。"

待刘彦昌走后，三圣母的哥哥知道自己的妹妹竟然在人间与一个凡人偷偷结婚，立刻怒气冲天。原来，三圣母的哥哥是天界的二郎神，他的第三只眼可以看见一切他想看到的东西，所以他轻而易举地就找到了三圣母，并问罪于她。❶

❶ 二郎神作为天神，决不允许人神通婚，于是下凡问罪三圣母。侧面反映了三圣母勇于追求爱情的精神。

两个人话不投机，谁都不肯让步，竟然动手打了起来。三圣母哪里打得过二郎神？她赶紧让侍女带着刚出生的儿子沉香偷偷跑去找刘彦昌，自己却被哥哥施展法术压在了华山脚下。

一晃十多年过去，沉香从少不更事的孩童长成了一位英俊少年。有一天，他问起了自己的母亲是谁，刘彦昌便把三圣母的事情告诉了

❶ 此处写出沉香救母心切，不畏艰难险阻，连天河都给予他无穷的力量。

❷ 没有法力的沉香连火山都敢闯，可见他是一个勇敢无畏的少年。他拿到了神斧，这是劈山救母的关键宝物。

他。从此，沉香便决定，一定要救出自己那可怜的母亲。

历尽千辛万苦，沉香终于来到了华山。可是，去哪里找母亲呢？他急得放声大哭。哭声惊动了路过此地的霹雳大仙，霹雳大仙告诉他："我可以带你去找你的母亲，但你要拿到那把能劈开华山的神斧。"沉香坚定地点点头。

霹雳大仙走得飞快，沉香累得气喘吁吁。一条大河挡在他们眼前，大仙轻松飘了过去，沉香找不到桥也看不见船，急得"扑通"一声跳了下去！说也奇怪，河水不但没有淹没沉香，反而让沉香浑身都充满了无穷的力量。原来那条河并不是普通的河，而是神奇的天河。❶

过了天河不多久，沉香的眼前又出现了一座燃烧的火山，大仙一迈步就飞了过去，沉香没有法力，只能咬着牙跟着大仙踏向熊熊烈火。满山的火焰顷刻间消失不见，只见一把神斧高高悬挂在上空。❷

"好孩子，快取了神斧去救你母亲吧。"霹雳大仙说完就升上天界。沉香朝天拜了三拜，取下神斧便冲着华山用力劈下去。"轰隆隆！"

巨大的山峰骤然裂开，里面走出了悲喜交加的三圣母。沉香扑过去紧紧地抱住母亲，分别了十三年的母子终于团聚了。

日积月累

情投意合　话不投机　千辛万苦

延伸思考

1. 沉香身上有哪些值得我们学习的地方？
2. 读了这个故事，你觉得故事中哪个情节最让你感动？

哪吒闹海

名师导读

传说，大将军李靖的儿子哪吒出生时就不是个凡胎。有一天，他去东海洗澡，惹来龙王三太子，还把三太子给打死了。这下，龙王要去天宫告状……哪吒闹海是经典的中国神话故事，哪吒勇斗东海恶龙、为民除害的故事脍炙人口，而他天真勇敢、不畏强权的形象也深入人心。

从前有一位大将军，名叫李靖。这天，他的夫人要生孩子了，结果生下来一个圆圆的肉球，只见这个肉球在地上滚来滚去。李靖说：“这一定是个妖怪。”他拿出宝剑来，朝着那肉球一劈，真怪，从肉球里面跳出一个男娃娃来，胖胖的脸，可惹人喜欢了。❶

李靖看呆了，正不知道该怎么办时，一位神仙找他来了。这位神仙说：“恭喜，恭喜！我知道你生了个男娃娃。这娃娃很了不起，让我收他当徒弟吧。”说着，这个神仙拿出一个镯子、一块手帕，交给李靖，说：“这是我送给徒弟的礼物，这镯子叫作乾坤圈，这手帕叫作混天绫。”就这样，这娃娃刚出生时就有了一位神仙师父。

这娃娃就是哪吒。七岁那年的一天，天热极了，他到东海里去洗澡。他拿着混天绫在海水里一晃，就掀起了大浪，大浪把东海龙王的水晶宫震得东摇西晃。龙王吓了一大跳，就派了巡海夜叉上去看看到底是怎么回事。❷

夜叉钻出海面一看，原来是一个娃娃在洗澡，举起斧头就砍。哪吒可机灵啦，他连忙把身子一闪，从手上取下乾坤圈，向夜叉扔去。别看这小小的乾坤圈，它可比一座大山还重，正好打中夜叉的脑袋，一下子就把他打死了。❸

龙王听说夜叉被打死了，气得一个劲儿地吹胡子，就叫他的儿子三太子带上兵，去把那哪吒捉来。他的兵是什么呀，是虾、鱼、蚌、螃蟹，哩哩啦啦的一大串。

三太子冲出海面，对哪吒说："打死我家夜叉的是你吗？"

哪吒说："是我，是我。我好好地在这里洗澡，你家夜叉二话不说，就拿斧头劈我。我用乾坤圈碰了他一下，他就死了。他那么大的

❶ 此处交代了哪吒刚出生时的情形。通过语言描写、动作描写，点明了哪吒可不是个凡胎。

❷ 哪吒才七岁，是个小娃，但他只是在海水里晃了晃混天绫，就震动了东海龙宫，惊动了龙王，可见混天绫是个神物。此处哪吒的出场很是惊艳。

❸ 夜叉二话不说，便杀向哪吒，而哪吒一点都不慌张，有神物乾坤圈相助，他把夜叉打死了。此处反映了神物乾坤圈的厉害，以及哪吒的勇敢。

❶ 龙王三太子一向专横霸道，哪吒可不怕他。有混天绫和乾坤圈相助，哪吒一下子就把龙王三太子打死了。此处写出了哪吒本事高强、天真勇敢的形象。

❷ 此处对哪吒的动作和心理活动描写，突出了哪吒天真勇敢的一面。他虽然除掉了龙王三太子，但他并不知道自己已经惹下了祸端。

个儿，怎么一点儿也经不起打呀？”

三太子蛮不讲理，二话不说直扑向哪吒。哪吒让了他好几次，可是三太子就是不放过他。哪吒急了，就把混天绫一扔，这混天绫马上喷出一团团的火焰，把三太子紧紧裹住，三太子怎么也逃不掉。哪吒又拿乾坤圈一打，把三太子也打死了，吓得那些虾兵蟹将连滚带爬地钻到海水里去了。❶

三太子一死，就现出原形来了，原来是一条小龙。哪吒把他拖到岸上，心想：“父亲少一根腰带，我把这小龙的龙筋抽出来，搓成一根腰带送给父亲多好！”他就把小龙的龙筋一根根地抽了出来，带回家去。❷

龙王听说自己的儿子也被哪吒打死了，又是伤心，又是气愤，就变成一个读书人的样子，离开水晶宫，来找李靖了。龙王气冲冲地对李靖说：“你生的好儿子，打死了我的三太子！还打死了我家夜叉！”

李靖说：“你弄错了吧，我的儿子哪吒才七岁，能打死人吗？”

龙王说：“你不信，就把他找来问一问。”

李靖找遍了前屋后院，哪儿也没找着哪吒。原来哪吒正躲在一间小屋子里，在搓龙筋呢。李靖好不容易才找到他，问："你在这小屋子里做什么？"

哪吒说："父亲，我今天打死了一条小龙，抽了他的筋，正在给你搓腰带呢。"

李靖这才知道哪吒真的闯了大祸，只好带他去见龙王。哪吒看见龙王就说："龙王，我不是故意打死你家三太子的。我让了他好几次，可是他还一个劲儿地追着打我。我没法儿了，才还了手，不小心把他打死了。你瞧，这是从他身上抽下来的龙筋，还给你就是了。"

龙王看见儿子的龙筋，更加伤心了，就说："我的儿子能让你白白打死吗？我要到天宫去告你的状！"说完，就乘着云彩上天宫去了。

龙王上天宫去告状，这可不得了。哪吒趁着李靖不注意，溜出门来，也向天宫飞去。他想："只要我在天宫的南天门拦住龙王，他就不能告状了。"

哪里知道，哪吒跑得快得多。他到南天门后，等了好半天，龙王才到。哪吒拦住龙王，对他说："龙王，是我不当心，把三太子打死了。我错了，你别告状了吧。"

可是龙王怎么也不答应，这可把哪吒惹火了。哪吒把龙王打倒在地下，一手揪住他的衣服，一手紧紧地握住拳头，问他：

“你还要告状不？”

龙王气得发昏，说：“你还敢打我，我非告你的状不可！”

哪吒火冒三丈，把手伸进龙王的衣服里，去揭他身上的鳞片。这一揭可不得了，痛得龙王直叫救命：“饶了我吧，饶了我吧，我不告状了。”❶

> ❶ 通过哪吒的动作描写，以及龙王的语言描写，写出“胆大包天”的哪吒不畏强权，实力高强，连东海龙王都畏惧他。对于龙王要到天宫告状一事，哪吒先是瞒着李靖在南天门拦住龙王，见劝阻不了，直接拳头威逼龙王，让龙王许诺不再去告状。

哪吒这才松了手，说：“那好，你跟我回去吧！”他怕龙王半路上逃走，就叫龙王变成一条小龙，只有蚯蚓那么大小，再把小龙藏在袖子里，带着回家去了。

李靖正在发愁，哪吒回来了，他说：“父亲，你不用发愁，龙王不会去告状了。”

李靖说：“你闯了祸，还在胡说八道！”

“父亲，龙王真的不会去告状了。我赶到南天门，拦住了他，不让他去告状，他答应了。”

李靖不相信，哪吒说：“你不信，就问问他自己吧。”

李靖问他：“龙王在哪里呀？”

“龙王在我的袖子里呢。”哪吒把袖子一抖，抖出一条小龙来，小龙一着地，就变成龙王了。

龙王怒气冲冲，告诉李靖，哪吒怎么把他打倒在地，怎么揭他身上的鳞片。他恶狠狠地说：“你等着吧！我要请南海、西海、北海的龙王，一起来打你，把你这个地方变成一片汪洋大海！”说完就变作一阵狂风走了。

这个东海的龙王，真的请了南海、西海、北海的龙王，带领许多许多虾兵蟹将来了。李靖听说了，慌忙出门去迎接。东海龙王见了李靖，大叫一声：“快给我把他绑起来！”虾兵蟹将就冲上去，把李靖绑了起来。

这时候，哪吒从屋里跑了出来，对东海龙王说：“打死夜叉的是我，打死三太子的是我，把你打倒在地、揭你鳞片的也是我。跟我父亲没有关系，快把我父亲放了。我一个人做的事，由我一个人来担当。你说吧，你要怎样？”❶

❶ 语言描写。面对东海、南海、西海、北海四大龙王以及虾兵蟹将，哪吒没有丝毫畏惧。由于父亲被抓，他说出了这番话。

东海龙王牙齿咬得咯咯响，说：“我要杀了你，给我的儿子报仇！”

哪吒说：“好啊！不用你们动手，我自己来。”说着，抽出宝剑就把自己杀死了。

四海龙王只好把李靖放开，收兵回去了。

哪吒的师父听说哪吒死了，不慌不忙，到荷花池里摘了一朵荷花、一片荷叶，又挖了几节嫩藕，摆成一个人的样子，大叫一声："哪吒，哪吒，还不快快起来！"那荷花、荷叶和嫩藕马上变成了哪吒，他好像睡了一大觉才刚刚醒来一样。

师父又给了哪吒两件宝贝：一支火尖枪，两只风火轮。哪吒脚踩风火轮，走起路来就像飞一样，他的本事更大了。

日积月累

连滚带爬　火冒三丈　胡说八道

延伸思考

1. 分析一下李靖的性格特征。
2. 说说哪吒有哪些性格特征，并分析他的性格特征是怎样推进故事发展的。